UNA NOCHE EN
MARRUECOS
Maya Blake

 HARLEQUIN™

Editado por Harlequin Ibérica.
Una división de HarperCollins Ibérica, S.A.
Núñez de Balboa, 56
28001 Madrid

© 2019 Maya Blake
© 2019 Harlequin Ibérica, una división de HarperCollins Ibérica, S.A.
Una noche en Marruecos, n.º 2748 - 25.12.19
Título original: An Heir for the World's Richest Man
Publicada originalmente por Harlequin Enterprises, Ltd.

I.S.B.N.: 978-84-1328-605-1
Depósito legal:M-32667-2019
Impreso en España por: BLACK PRINT
Fecha impresion para Argentina: 22.6.20
Distribuidor exclusivo para España: LOGISTA
Distribuidor para México: Distibuidora Intermex, S.A. de C.V.
Distribuidores para Argentina: Interior, DGP, S.A. Alvarado 2118.
Cap. Fed./Buenos Aires y Gran Buenos Aires, VACCARO HNOS.

MIXTO
Papel procedente de
fuentes responsables
FSC® C108412
FSC
www.fsc.org

Este libro ha sido impreso con papel procedente de fuentes certificadas según el estándar FSC, para asegurar una gestión
responsable de los bosques.

Capítulo 1

SAFFRON Everhart miraba el gigantesco ramo de flores que estaba sobre su escritorio con el corazón encogido. Aquello iba a ser mucho más difícil de lo que se había imaginado.

Con los años, había aprendido a descodificar los niveles de infierno asociados con los regalos que llegaban a su despacho cada día.

Las flores significaban prepararse para no dormir durante las siguientes setenta y dos horas. Un ramo de flores y un cheque-regalo para un tratamiento en el spa más exclusivo de Suiza significaba hacer las maletas y pedirle a alguien que regase sus plantas porque no volvería a casa en una semana.

El último círculo del infierno estaba reservado a las flores y las joyas y, últimamente, recibir preciosas gemas hacía que sintiese escalofríos. Tenía tres pulseras de brillantes, un collar de diamantes rosas de Harry Winston con pendientes a juego y un broche de zafiros y diamantes que detestaba porque le había costado sangre, sudor y lágrimas.

De modo que, en cierta manera, las flores eran una bendición porque no llevaban acompañamiento.

Aun así…

Saffron dejó el jarrón de cristal Waterford, con un gigantesco ramo de azucenas que costaba más de mil libras, y se apartó del escritorio, tras el que había una fabulosa panorámica del centro de Londres, para mirar la puerta de acero del despacho anexo.

Tomó aire, pero le temblaban las manos y tenía el estómago encogido. Nada que ver con la imagen que quería proyectar. La imagen que proyectaban su espalda recta y su atuendo impecable.

Cada día más, esa puerta le parecía como la cumbre del Everest, cargada de peligros. Pero lo había retrasado más que suficiente, dos meses para ser exactos. Era hora de dar el último paso. Hora de dejar atrás esa noche en Marruecos, ese sorprendente momento de locura que aún la estremecía al recordarlo.

Era hora de retomar el control de su vida antes de que fuese demasiado tarde.

Pero antes de que pudiese dar un paso, un golpecito en la puerta de su despacho la detuvo. Se dio la vuelta y suspiró al ver al mensajero. En general, los mensajeros no podían pasar del piso quince. Ella estaba en la planta cuarenta y nueve, la última del edificio propiedad del hombre más rico del mundo.

Pero el mensajero que se dirigía hacia ella, sujetando con reverencia un maletín con el emblema del joyero de la reina, no era un mensajero normal.

—No.

El monosílabo escapó de su garganta mientras daba un paso atrás. Porque aquel regalo era aún más peligroso, la clase de regalo que advertía que debías despedirte de tu alma.

—No, no, no.

El hombre se detuvo, mirándola con cara de sorpresa.

—¿Perdone? ¿Estoy en la planta equivocada? Traigo un paquete para la señorita Everhart. ¿Podría decirme dónde encontrarla si este no es su despacho? Necesito su firma.

Ella negó con la cabeza.

–Yo soy la señorita Everhart, pero no necesita mi firma porque no va a entregarme nada –le dijo. Parecía al borde de la histeria, pero no podía evitarlo–. No acepto el regalo –añadió, con tono firme.

–Me temo que eso no es posible, señorita. En este caso no puede haber devolución ni reembolso.

–He tratado con esa joyería en otras ocasiones y sé que eso no es verdad.

Al ver que la frente del hombre se cubría de sudor, Saffron casi sintió pena por él.

–Verá, señorita, en la mayoría de los casos es así, pero no en esta ocasión.

–¿Por qué no? –preguntó ella, aunque en el fondo sabía la respuesta.

–Porque el cliente lo ha especificado así.

Saffron contuvo el deseo de cerrar los ojos y dejarse llevar por el pánico. Claro que lo había hecho. Joao Oliviera conseguía siempre lo que quería, fuese lo que fuese.

Miró el maletín con un nudo en el estómago. Si tuviese dentro un nido de escorpiones no le daría más miedo.

El hombre se aclaró la garganta.

–Señorita Everhart, esta no es una pieza normal. Creo que se pidió permiso a la reina para hacer una réplica y es una de las piezas más exquisitas que la joyería ha tenido el privilegio de crear.

Saffie no lo dudaba, pero debía rechazar aquel regalo porque tenía que retomar el control de su vida o estaría perdida para siempre. Ya le había entregado cuatro años de su vida. No podía entregarle ni un día más.

Ni un minuto más.

Pero el problema no era el mensajero que tenía

delante, sino el hombre que estaba tras la puerta de acero, a diez metros de ella.

Con una mezcla de pánico y horror firmó el documento y tomó la caja de terciopelo que el mensajero sacó del maletín, sabiendo que era un terrible error.

Cuando volvió a quedarse sola, se dejó caer pesadamente en el sillón y abrió la caja.

El collar de diamantes y rubíes era perfecto, absolutamente maravilloso. Y también un descarado soborno.

Saffron contuvo una risa histérica mientras miraba la joya más bella que había visto en toda su vida. Le hubiera gustado acariciar las preciosas gemas, pero cerró la caja para no dejarse llevar por la tentación.

No podía dejarse convencer.

Había dejado que los atractivos de su puesto como ayudante ejecutiva y su proximidad al hombre más carismático que había conocido nunca dirigiesen su vida durante cuatro años.

Bueno, pues nunca más.

Apretó los dientes, intentando contener el escalofrío que la recorría cada vez que recordaba aquella aciaga noche en Marruecos. Después, volvió a leer el documento que había redactado una docena de veces y pulsó el botón de Imprimir.

El ruido mecánico de la impresora expulsando el documento era a la vez tranquilizador y espeluznante.

Por fin iba a hacerlo, por fin iba a dar el último paso. Pronto habría retomado el control de su vida, pero antes tenía que salvar un obstáculo monumental. Y sabía que sería una batalla formidable.

Tomó el documento, lo dobló por la mitad y, después de golpear suavemente la puerta, entró en la guarida del león.

Joao Oliviera estaba hablando por su teléfono personal, el número reservado para los clientes VIP.

Joao Oliviera.

Su jefe.

El hombre más rico del mundo, con un aspecto físico que superaba ese abrumador título.

A pesar de las innumerables veces que había entrado en sus dominios, Saffron nunca había logrado controlar la emoción que se apoderaba de ella en su presencia. Sencillamente, había aprendido a disimular hasta el punto de parecer casi desdeñosa, a pesar de su poderoso magnetismo, la vitalidad de su metro noventa y su innata habilidad para dejar mudos a los líderes más poderosos del mundo.

Y la enfebrecida electricidad de sus caricias.

Joao Oliviera, con su obscena riqueza y su irresistible atractivo físico, era Midas, Creso y Ares en uno solo.

Su pelo castaño oscuro, más largo de lo convencional, brillaba bajo el sol de mayo que entraba por la ventana, a su espalda. Saffron no podía dejar de mirar los pómulos esculpidos, los firmes labios y la mandíbula cuadrada, con una viril sombra de barba que ningún afeitado podía disimular.

Unos ojos de color whisky, rodeados por largas pestañas negras, completaban la magnífica imagen.

Esos ojos se volvieron hacia ella, estudiándola durante unos segundos antes de levantar una mano de dedos largos y elegantes para indicarle que podía entrar.

Como era su costumbre, se había quitado la chaqueta, y la camisa blanca y el chaleco hecho en Italia destacaban su físico atlético.

Apenas eran las ocho de la mañana, de modo que aún no se había quitado los gemelos ni remangado la camisa para revelar unos antebrazos morenos y fibrosos, y Saffron se tomó eso como una bendición.

–Lavinia, estaba esperando tu llamada –lo oyó decir.

Con los años, Saffron había logrado controlar su atracción por él, salvo esa ardiente noche en Marruecos. Se había acostumbrado a su destreza mental, a su asombroso físico, a su energía sobrehumana, a ese aire de implacable autoridad y, sobre todo, a su integridad. Pero lo único que nunca había podido controlar era su reacción ante esa voz profunda, intensa y sexy, con un ligero acento portugués que la excitaba cuando estaba despierta y que, últimamente, invadía sus sueños con alarmante frecuencia.

Pero no tendría que sufrir aquello durante mucho más tiempo.

Saffron cerró la puerta y prestó atención a la conversación. Aparte de la principal razón para entrar en el despacho, esa mañana tenía trabajo que hacer y ese trabajo incluía a Lavinia Archer.

La presidenta del renombrado Grupo Archer, un emporio que incluía cadenas de hoteles, destilerías, una línea de cruceros y una compañía aérea.

Cuando empezaron a correr rumores de que Lavinia tenía intención de vender la empresa antes de cumplir los setenta y cinco años, Saffron supo que esa transacción sería irresistible para su jefe. Y, por supuesto, Joao se había propuesto añadir el emporio Archer, valorado en treinta y un mil millones de dólares, a su impresionante cartera de valores.

Durante los tres últimos meses había tejido una intrincada red alrededor de Lavinia Archer, un juego mental de astucia y encanto al que la anciana heredera no había podido resistirse.

–Sé que te gusta hacerme esperar, Lavinia –estaba diciendo Joao, el timbre de su voz era tan oscuro y potente como el café de su nativo Brasil–. Pero te aseguro que, cuando llegue el momento, el clímax merecerá la pena.

Saffron tropezó y tuvo que sujetarse al sofá. Intentó recomponerse de inmediato, pero sabía que se había puesto colorada.

Por ridículo que fuese, sintió una irracional punzada de celos al oírlo tontear con Lavinia. Aunque le había entregado los últimos cuatro años de su vida, ella no tenía ningún derecho sobre Joao, a quien solo le interesaban sus habilidades como ayudante ejecutiva.

Ni una sola vez le había preguntado qué hacía fuera de la oficina. Aunque ella no tenía tiempo para nada más. Concentrada en solucionar hasta el más pequeño problema de Joao, sus dos últimos cumpleaños habían pasado sin pena ni gloria. De hecho, se le había olvidado que cumplía años y esa era una de las razones por las que, cuando por fin hizo inventario de su vida, decidió que necesitaba un cambio.

Todo lo que iba mal en su vida era debido a un hombre: Joao Oliviera.

Tenía que irse de allí y hacerlo cuanto antes para no experimentar esa punzada de angustia en el pecho cuando él quedaba con alguna modelo o alguna famosa actriz.

Por suerte, no lo había hecho desde Marruecos. Al menos que ella supiera, aunque eso no quería decir nada…

Joao miró el documento que llevaba en la mano antes de mirarla a los ojos.

A Saffron le dio un vuelco el corazón. Durante las últimas ocho semanas la había tratado con fría indiferencia y debía admitir que era esa frialdad lo que, por fin, la había puesto en acción. Su vida se limitaba a ser un insignificante satélite de aquel hombre y no estaba dispuesta a seguir soportándolo.

Pero entonces ocurrió lo de Marruecos.

Saffron apretó los labios, luchando contra las caóticas sensaciones mientras Joao seguía bromeando con Lavinia.

—Sí, claro, te respetaré por la mañana. Te irás satisfecha, sabiendo que tu legado queda en las mejores manos.

Se reía mientras golpeaba la mesa de cristal con sus largos dedos y Saffron recordó lo que había sentido cuando esos dedos entraron en contacto con su piel, acariciándola y dejándole una marca indeleble.

Joao, acostumbrado a tratar con muchas cosas a la vez, alargó una mano hacia el documento, pero Saffron no quería tener esa conversación mientras él estaba intentando conseguir una de las mayores transacciones en la historia de la empresa.

Pero eso no importaba. Estaba allí para retomar su vida, se dijo.

«Así que hazlo de una vez».

Apretando los labios, le entregó el documento. Tal vez su expresión la delató, tal vez su ensayada cara de póquer había empezado a resquebrajarse después de Marruecos.

Joao seguía hablando de cifras con Lavinia mientras leía el documento y, de repente, su expresión se volvió seria. Saffron tragó saliva cuando esos hipnóticos ojos se clavaron en los suyos.

—Sí, Lavinia, pero recuerda que no soy un hombre paciente. Quiero tu empresa y, por el momento, estoy dispuesto a jugar, pero tarde o temprano uno de los dos se cansará y tendrá que tomar… otras medidas. Prepárate para eso, querida. Hasta la próxima vez.

Esas palabras iban dirigidas a Lavinia, pero Saffron sintió el impacto en su interior.

Joao cortó la comunicación y la miró a los ojos.

–¿Qué significa esto?

Ella hizo acopio de valor para sostenerle la mirada.

–Exactamente lo que dice. Es una carta de dimisión.

Él la miró con gesto de incredulidad y luego volvió a mirar el documento.

–¿Por «razones personales»? Tú no tienes una vida personal, de modo que es mentira.

–Muchas gracias por recordármelo. Y, por cierto, gracias también por las flores y por el collar, aunque no pienso aceptarlo. Me imagino que estás acelerando las negociaciones con Lavinia, de ahí ese escandaloso intento de soborno.

Él se encogió de hombros, aunque se trataba de una joya por la que hasta un monarca daría lo que fuese.

–Te he hecho una pregunta, Saffron.

–Creo que una de las primeras cosas que me dijiste cuando empecé a trabajar para ti fue que no debía hacer preguntas cuyas respuestas ya conocía.

–Pero aún no me has dado una respuesta satisfactoria.

–Todas las respuestas que necesitas están en esa carta. Dimito por razones personales. La dimisión será efectiva inmediatamente después del plazo legal de notificación.

Joao miró la carta con un gesto cargado de desdén.

–Eres una persona eficiente, responsable y seria. Una de las personas más trabajadoras que conozco. En los últimos cuatro años, no ha habido una sola tarea que no hayas ejecutado a mi entera satisfacción –le dijo, inclinándose un poco hacia delante.

Saffron apretó los muslos, recordando cómo había sido tener ese magnífico cuerpo desnudo sobre ella.

Dentro de ella.

—Gracias —murmuró.

—Por eso me sorprende que quieras ocultar las verdaderas razones de tu dimisión tras una caprichosa prosa —Joao miró el documento—. ¿La oportunidad de trabajar conmigo ha sido «un honor»? ¿Me deseas el mejor de los futuros? ¿Tus años de trabajo en la empresa han sido «una experiencia inolvidable»?

Estaba muy nerviosa mientras redactaba la carta, pero ¿tenía que repetirlo todo con ese tono de desprecio?

—Lo creas o no, todo lo que he escrito es verdad.

—¡Lo que has escrito es una tontería! —exclamó él—. No acepto tu dimisión. Especialmente en este momento, mientras intento convencer a Lavinia. Lo hemos hecho todo mal. Para ganárnosla, tenemos que demostrarle que no sabe lo que se pierde. Debemos tentarla, convencerla con algo que nadie más pueda ofrecerle. ¿Crees que podrías hacer eso?

Saffron contuvo el deseo de apretar los puños y dar una patada en el suelo. Como Joao había dicho, ella era una persona responsable, seria, obediente y trabajadora.

Cualidades en las que había tenido que esforzarse siendo huérfana porque, según las monjas del orfanato de St. Agnes, solo de ese modo conseguiría unos padres de acogida que, tarde o temprano, la adoptarían. Pero no había sido así. Pasaban los años y ninguna pareja la elegía a ella. Saffron había llorado en silencio para no decepcionar a la hermana Zeta cuando, una tras otra, sus compañeras de orfanato encontraban padres de acogida.

Nunca había mostrado angustia o tristeza y jamás había tenido una pataleta como otros niños.

Por fin, cuando llegó su momento, a los catorce años, se había contenido para no mostrar la inmensa emoción que sentía. Se había mostrado serena durante los dos felices años que había pasado con su madre adoptiva y también cuando su salud empezó a declinar. No se había apartado de su lado durante los dieciocho meses que duró su enfermedad y había hecho la solemne promesa de no sucumbir a la tristeza y la soledad y formar su propia familia cuando llegase el momento.

Mantuvo la entereza cuando enterró a su madre adoptiva, una semana antes de cumplir los dieciocho años, y solo se permitió llorar cuando por fin estuvo sola. Con esa misma compostura, se alejó del escritorio de Joao y volvió a su despacho para llamar a un número que se sabía de memoria.

Cuando cortó la comunicación, tomó la cajita de terciopelo con manos temblorosas y volvió al despacho de su jefe.

—¿Estás enferma? —le preguntó Joao—. ¿Quieres que llame al médico?

—No es necesario, estoy perfectamente. De hecho, mejor que nunca. Estoy viendo las cosas con total claridad por primera vez en mucho tiempo.

—¿Y por eso vas a dejar un trabajo que, según lo que dijiste en la última evaluación, es lo más emocionante de tu vida?

Saffron se mordió los labios, lamentando haber sido tan sincera.

—Sí.

—¿Te das cuenta de que podrías haber encontrado razones más convincentes para tu dimisión que esta absurda excusa de «razones personales»?

Esa observación la dejó pensativa. ¿Habría sido deliberado? ¿En el fondo habría deseado que Joao viese lo que había tras esa fachada?

El anhelo de formar una familia había empezado con la promesa que le hizo a su madre adoptiva en su lecho de muerte, cuando se dio cuenta de que, una vez más, estaba sola en el mundo. Ese anhelo había desaparecido momentáneamente al conocer a la brillante supernova que era Joao, para emerger de nuevo cuatro años después más fuerte que nunca.

«No», pensó.

Una noche con él había sido más que suficiente. Lo último que quería era mostrarse vulnerable frente a un hombre como Joao Oliviera. Un hombre a quien solo importaban los negocios, un hombre que dejaba a sus amantes sin compasión en cuanto empezaban a hacerse tontas ilusiones, un hombre sin familia y decidido a no tenerla nunca.

–Yo esperaba que respetases mi decisión.

–Nunca nos hemos engañado el uno al otro, Saffie. No deberíamos empezar a hacerlo ahora.

Que usara ese cariñoso diminutivo le produjo un estremecimiento en la espina dorsal, pero el comentario la dejó sin aliento por razones diferentes y mucho más terribles.

Había vivido durante meses, tal vez años, engañándose a sí misma. Pero reconocer que estaba persiguiendo un sueño imposible y perdiendo valiosos años de su vida era la razón por la que estaba allí en ese momento.

–Tu carta me ha alarmado y quiero saber qué está pasando. Hasta ahora parecías contenta con tu trabajo.

–¿Se te ha ocurrido que yo podría no querer hacer esto para siempre? Me he dado cuenta de que no quiero seguir trabajando hasta las dos de la mañana para volver a la oficina a las siete y media y seguir trabajando dieciocho horas más.

Joao frunció el ceño, mirándola con un brillo de decepción en los ojos. Y, por alguna razón, su enfado no le molestó tanto como su decepción.

–¿Ese es el problema? ¿Te estás quejando de las horas de trabajo? Muy bien, tienes permiso para contratar a otro ayudante.

Saffron dejó escapar un suspiro mientras depositaba la caja de terciopelo sobre el escritorio.

–No puedo aceptar esto. Aunque no me fuese, no podría aceptarlo. Es demasiado.

–No digas tonterías.

–He donado el ramo de flores a los organizadores de la cena benéfica a la que vas a acudir esta noche. Prepárate para la efusividad de lady Monroe cuando te vea. Cree que conseguirán veinte mil libras por ellas en la subasta…

–*Pelo amor de*…. –Joao se pasó una mano por la cara–. Ya está bien de escenas. Dime lo que quieres de una vez y vamos a seguir trabajando. Dale las flores a quien quieras, pero el collar es tuyo.

–Joao…

–No puede ser el dinero. Ya te pago diez veces más que cualquier rival. Te ofrecería el triple, pero sospecho que dirías…

–No es el dinero.

–Muy bien, empezamos a entendernos. Entonces, ¿qué es?

A Saffie le dio un vuelco el corazón. No podía contarle qué había provocado su decisión de marcharse, pero su indiferencia desde esa noche en Marruecos lo había dicho todo.

Por supuesto, Joao se reiría de ella por dejarse llevar por las emociones, pero ella no era un robot. Le había dado cuatro años de su vida y con cada día que pasaba, sacrificando su más profundo deseo, se desesperaba un poco más. Incluso había empezado a odiarlo porque sabía que no cambiaría nunca. Joao era incapaz de bajar de su torre de marfil y dignarse a reconocer las necesidades y los sueños de otros seres humanos.

—¿Quieres saber por qué me marcho? Pues es muy sencillo. He decidido que tú no eres la respuesta a mis problemas.

—¿Qué significa eso? Déjate de juegos y habla con claridad.

—¿O qué? —lo retó ella—. ¿Impedirás que me marche?

Joao se levantó, despacio, con su impresionante estatura haciéndola sentir pequeña, mientras se quitaba los gemelos y doblaba las mangas de la camisa meticulosamente.

Saffie no quería mirar, pero no podía evitarlo. Al ver sus antebrazos morenos, tan fuertes y masculinos, no pudo evitar preguntarse cómo sería volver a tener esos brazos alrededor de su cintura.

—¿Qué pasa, Saffie? —le preguntó él entonces en voz baja.

Ella se armó de valor. Sabía que no iba a ser fácil dejar su puesto como ayudante ejecutiva de Joao después de vivir y respirar ese papel durante cuatro largos años, pero no se había imaginado que fuese tan difícil.

Él no sabía nada de su infancia en el orfanato, ni del poco tiempo que vivió con su madre adoptiva, ni sobre la desolación que sintió al ser huérfana de nuevo.

Ni sobre la promesa que se había hecho a sí misma.

—¿Recuerdas cómo llegué a ser tu ayudante? —le preguntó, buscando un alivio temporal a su angustia.

Joao frunció el ceño mientras dejaba los gemelos en un cajón y lo cerraba de golpe.

—No sé qué tiene eso que ver.

—Supuestamente, solo era un trabajo temporal mientras mi antiguo jefe, el señor Harcourt, estaba de vacaciones. Tú acababas de despedir a tu antigua ayudante, ¿recuerdas?

—Apenas. Y sigo sin entender qué tiene eso que ver…

—La cuestión es que debería haber estado aquí dos semanas y llevo cuatro años. Y, por cierto, ¿es verdad que le ofreciste la prejubilación al señor Harcourt para que yo siguiera aquí?

Joao ni siquiera parpadeó.

—Sí, es verdad. Después de la primera semana ya sabía que serías la ayudante ideal para mí. Estabas desperdiciando tu talento creando hojas de cálculo, así que le hice una oferta que no pudo rechazar —respondió, sin el menor remordimiento—. Y ahora que hemos repasado el pasado, ¿podemos volver a lo que importa? ¿Qué tengo que hacer para que renuncies a esta tontería? Dime cuál es el precio.

«Dime cuál es el precio».

Si pudiese hacerlo… Si no supiera que sería inútil nombrar su precio…

Saffron lo miró con el corazón acelerado, como cada vez que contemplaba ese último paso. Pensar que un día despertaría y no volvería a verlo la entristecía, pero se obligaba a pensar con qué iba a reemplazar esa experiencia. Con lo que anhelaban su corazón y su alma: una conexión de verdad, un propósito edificante.

—Mi precio es la libertad, Joao. Te he dado cuatro años de mi vida y ahora quiero marcharme.

Él se inclinó hacia delante, mirándola a los ojos.

—Por última vez, dame una razón clara y concisa para este absurdo, Saffie.

¿Qué tenía que perder? En unas semanas estaría fuera de su vida, pensó. Joao quería conquistar el mundo mientras que ella planeaba alejarse de su órbita para embarcarse en un proyecto que le pedía el corazón desde que era niña, desde que había probado la soledad y jurado hacer lo posible para que su vida tuviera sentido.

Cuando se despidieran, sus caminos no volverían a cruzarse, pero tenía que ser así. Armándose de valor, dio un paso adelante.

–Muy bien. ¿Quieres saber la verdad? Eres un hombre de negocios brillante, pero también eres un vampiro. Pides y pides sin cesar y crees que regalar diamantes y flores te da autoridad sobre mi vida. Bueno, pues no es así. Yo tenía mi vida planificada cuando me uní a la empresa. Dejé mis planes en suspenso y ahora quiero que vuelvan a ser mi prioridad. Dimito porque quiero algo más de la vida. No quiero vivir consumida por el trabajo. Necesito libertad para soñar con algo que no sea la adquisición de tu próxima empresa multimillonaria. Libertad para soñar con una familia, con un hijo. Libertad para convertir ese sueño en realidad –Saffron hizo una pausa, temblando antes de dar el último, devastador y necesario paso–. Necesito liberarme de ti.

Capítulo 2

JOAO se quedó en silencio tras el sorprendente monólogo de su ayudante ejecutiva, enumerando las extrañas sensaciones que experimentaba en ese momento.

Sorpresa, ira, decepción, perplejidad.

Saffie lo había pillado completamente desprevenido cuando él creía que todo iba sobre ruedas.

Se preguntó si estaría gastándole una broma, pero su responsable y capaz ayudante no solía bromear. Además, ellos no tenían esa clase de relación. La suya era una simbiosis de eficacia, mutuo apoyo y admiración, trabajo duro y la recompensa y la satisfacción del éxito.

Al menos, hasta aquella noche.

Aquella noche en la que, borracho de éxito, se había dejado llevar por el instinto. Pero el trabajo de Saffie no había sufrido, al contrario. La primera semana después del incidente en Marruecos había vivido sobre ascuas, preguntándose si ella intentaría capitalizar de algún modo ese error de juicio. Porque dejarse llevar por un ansia incontrolable había sido un error de juicio. Otros hombres podían afrontar de forma despreocupada las relaciones sexuales, pero él era implacable. Sus relaciones eran siempre intrascendentes y nunca elegía como compañera de cama a un inesperado espejismo del desierto, pero un deseo imparable lo había cegado esa noche, haciéndole olvidar el sentido común.

Pero lo que había pasado esa noche, cuando se portó como los hombres a los que tanto despreciaba, aún tenía el poder de amargarle el día.

Su falta de control le había dejado un regusto amargo en la boca. Por suerte, Saffron no había vuelto a mencionar el incidente y él se lo había agradecido. Aunque los recuerdos aparecían en su cabeza cuando menos se lo esperaba, dejándolo excitado e incómodo en los momentos más inapropiados.

Pero era el pasado y nunca se repetiría. Salvo que, por alguna razón, mientras él creía que todo en su mundo estaba perfectamente equilibrado, Saffie estaba haciendo otros planes. Unos planes que amenazaban con causar estragos en el momento más importante de su vida.

En su rostro vio una fiera determinación y se dio cuenta de que hablaba en serio. Iba a dejarlo, iba a liberarse de él para hacer realidad sus sueños.

Una familia.

«Un hijo».

Ella torció el gesto y Joao se dio cuenta de que lo había dicho en voz alta. Había escupido esas dos palabras como una maldición que no tenía sitio en su vida.

No lo tenía desde el día que borró la palabra «familia» de su alma. Y menos ahora, cuando su objetivo estaba tan cerca, cuando casi tenía en la mano la oportunidad de destruir a su enemigo de una vez por todas.

De repente, sentía como si hubiera caído en un turbulento océano sin chaleco salvavidas.

Él tenía muchos salvavidas, interminables refuerzos para asegurarse de que nada en su vida fuese irreemplazable: yates, aviones, líderes del mundo comiendo en la palma de su mano.

Pero Saffron Everhart se había hecho un sitio único y especial en su vida. Era irreemplazable y ahora, cuando más la necesitaba...

Joao se apartó del escritorio para acercarse al ventanal y tomó aire, intentando encontrar una estrategia.

—A ver si lo entiendo. ¿Vas a dejar tu carrera y los innumerables beneficios que van con ella... para qué, para hacer una jornada de autodescubrimiento? —le espetó.

Ella se tomó su tiempo antes de responder y eso lo puso nervioso. Normalmente, agradecía que Saffie no fuese el tipo de persona que hablaba sin pensar, pero en ese momento lo irritaba.

—Si quieres simplificarlo todo, sí. Me voy, pero no abandono mi carrera, al contrario. Puedes reírte todo lo que quieras, pero he tomado una decisión. Puedo quedarme para formar a tu próxima ayudante o...

—Aún no he aceptado tu dimisión —la interrumpió él.

—No puedes hacer nada. No puedes retenerme aquí cuando yo quiero marcharme.

—¿Vas a llevarme a los tribunales?

—Si eso es lo que tengo que hacer, sin ninguna duda.

De nuevo, Joao tuvo la absoluta certeza de que hablaba en serio. Saffie sostenía valientemente su mirada cuando tantos otros hubieran dado un paso atrás, amedrentados.

Sin darse cuenta, se encontró mirando su delicado cuello, sus labios... pero tenía que controlarse.

—¿Cómo que no vas a dejar tu carrera? ¿Vas a trabajar para otra empresa?

Ella tragó saliva.

—Pues... sí, así es.

—¿Para quién?

–Eso da igual.

–No, no da igual. ¿Quién es, Saffie? Dímelo.

–William Ashby.

Ashby no era un competidor y eso, absurdamente, lo enfureció aún más. Que Saffron lo dejase por alguien tan inferior...

–No sabía que fueses tan ingenua.

–¿Perdona?

–¿De verdad crees que voy a dejar que trabajes para un rival, sabiendo todo lo que sabes sobre mi empresa?

–¿Crees que yo traicionaría tu confianza? –le espetó Saffron, dolida–. Después de...

No terminó la frase, pero Joao sabía lo que estaba pensando. ¿No era un tema en el que él mismo había pensado demasiadas veces?

–¿Después de qué, de Marruecos? ¿Esa es la razón que hay detrás de esta escena?

–No, no es eso. Y no quiero hablar de ello.

–Pero yo sí. Dime que Marruecos no es la razón por la que acabas de lanzar esta bomba y podremos seguir adelante. Y no me cuentes nada sobre esa familia de ensueño porque sé que no tienes novio.

Saffie apretó los labios, indignada.

–¿Por qué crees que lo sabes todo sobre mí?

Joao se acercó un poco más y se sintió envuelto por el aroma de su perfume.

–Te has encargado de organizar mi vida durante cuatro años. Eso significa que también yo conozco la tuya. Además, no es un gran secreto.

–Si mi vida no es un secreto, ¿por qué mi dimisión te ha pillado desprevenido?

Joao tomó aire. No estaba consiguiendo nada. Por la razón que fuera, su ayudante parecía decidida a marcharse, a dejarlo en el momento más crucial de su vida.

−¿Quieres que me disculpe por lo que pasó en Marruecos?

Ella abrió mucho los ojos, aquellos profundos estanques azules lo atraían como nunca.

−¿Qué? Te he dicho…

−Ya sé lo que has dicho, pero no te creo.

−Yo no me escondo tras un motivo oculto y aunque tu monumental ego…

−Cuidado, Saffie.

−Lo que estoy diciendo es que no quiero seguir siendo tu ayudante. Mi vida es mía y puedo hacer con ella lo que quiera. Ya tienes mi carta de dimisión y he informado a Recursos Humanos, así que no hay nada más que decir.

Cuando se dio la vuelta, Joao miró las sensuales caderas, la tentadora curva de su trasero… y maldijo en voz baja.

Había mucho más que decir, pensó. Él la necesitaba demasiado como para dejar que se fuera.

−¿No olvidas algo?

Saffron se dio la vuelta, asustada, tal vez porque sentía que estaba a punto de sacar la artillería pesada, como solía hacer cuando la ocasión lo exigía.

Cuando la vio morderse el labio inferior sintió que su entrepierna se endurecía.

Meu Deus. Tenía que solucionar aquello cuanto antes.

−¿Qué?

−Según una de las cláusulas de tu contrato, necesitas mi aprobación para cambiar de empresa. ¿De verdad crees que te dejaría trabajar para Ashby?

Saffie dejó escapar un suspiro.

−¿Por qué haces esto, Joao?

—Porque quiero conservar a la mejor ayudante ejecutiva que he tenido nunca.

En otro momento, ese cumplido le habría alegrado
el día, pero ya no.

—Seguro que la próxima lo hará tan bien como yo.

—Podrás tomarte unas largas vacaciones cuando
hayamos cerrado el trato con Lavinia Archer.

—Joao...

—Podrás ir donde quieras, te prestaré mi avión privado. Te doy mi palabra de que no te pediré que vuelvas hasta que hayas descansado y hayas superado eso
que tanto te preocupa... lo que haga falta para recuperar a mi responsable y eficaz ayudante.

Su proximidad y su masculino aroma se le subían
a la cabeza, haciéndole recordar que no siempre había
sido tan responsable.

Había caído en desgracia en Marruecos.

Joao miró su boca durante un segundo y Saffron
supo que también él estaba recordando. Nerviosa, se
mordió el labio inferior. Estaba perdiendo su famosa
compostura y no era capaz de recuperar el control.

—Te he dicho que no puedo conseguir lo que quiero
si me quedo.

—Dime cómo has llegado a esa conclusión.

—He trabajado para ti durante cuatro años y sé que
sería imposible. Las familias y los hijos de los demás
son un fastidio para ti.

Joao enarcó una ceja.

—¿Lo sabes aunque nunca hemos hablado de ello?

—No hemos hablado de ello, pero he estado presente cuando algún conocido ha sacado el tema y te
he visto poner los ojos en blanco.

—Porque hablar de las familias de los demás me
aburre —replicó él.

—Ya, claro. Y, si no te importa apartarte de la puerta, también yo dejaré de aburrirte.

Iba a pasar a su lado, pero Joao sujetó su mano y Saffie tragó saliva. Para mantener la compostura con Joao no podía dejar que hubiese contacto físico. Había aprendido esa lección de una forma candente e inolvidable durante las interminables negociaciones para conseguir la empresa Montcrief. Su jefe, normalmente imperturbable, estaba como poseído, totalmente decidido a cerrar un trato de cientos de millones de dólares.

Esa fue la primera vez que oyó el nombre de Pueblo Oliviera y la primera vez que había visto algo más que el deseo de conseguir el trato más beneficioso. Estaba claro que Montcrief era algo personal para Joao y no había que ser un genio para concluir que quería, necesitaba, vencer a Pueblo Oliviera.

Su padre.

Joao había conseguido cerrar el trato y, además, había logrado adquirir su tercer equipo de fútbol brasileño.

La victoria contra su padre había sido celebrada con euforia en la fabulosa villa de Joao en Marrakech, con todo el equipo ejecutivo. Había sido allí, rodeados de malabaristas y bailarinas exóticas, cuando se dejó llevar por la ilícita tentación… en una noche que no podía recordar sin que todo su cuerpo ardiese de pasión.

Le gustaría poder echarle la culpa al Krug Clos d'Ambonnay, de dos mil dólares la botella, que se había servido en la fiesta, o a la emoción de bailar la danza del vientre con un atuendo que dejaba su estómago al descubierto, o a las exóticas joyas que la habían hecho sentirse femenina y sexy.

Pero no había sido nada de eso. No, había sido la ardiente mirada de Joao, cuando lo encontró apoyado en una columna de piedra. Había sido la turbación que sintió al ver el brillo de sus ojos mientras se dirigía hacia él. Y la emoción cuando le habló en portugués, con ese tono ronco tan sexy, y el cálido roce de su mano cuando la tomó por la cintura, mirándola a los ojos durante un minuto antes de besarla con una incandescente intensidad que no había experimentado nunca en su vida.

La fiebre que ese beso provocó en su sangre, y el deseo de dejarse llevar por primera vez, habían sido irresistibles. De modo que, cuando la tomó en brazos para llevarla a su suite y cerró la puerta con un pie, casi lloró de emoción.

Cuando por fin supo lo que era ser poseída por él, había temido que su vida no volvería a ser la misma.

Y había estado en lo cierto.

—Tú no eres como los demás. Tú no me aburres, Saffie, al contrario.

Ella sacudió la cabeza. Por la mañana, en Marrakech, Joao la había saludado con indiferencia, como si lo que había pasado unas horas antes no tuviese importancia.

—¿Qué significa eso?

—Eres mi mano derecha —respondió él, acariciándole la su muñeca con el pulgar—. Una de las piezas del engranaje más importantes de mi negocio. Sería un loco si dejase escapar un activo así.

«Engranaje, negocio, activo».

Etiquetas frías que dejaban claro lo único que era para Joao. Lo había sabido desde el principio y lo había aceptado. Entonces, ¿por qué sus palabras eran como un jarro de agua fría?

Joao Oliviera era un tiburón y un día ella se convertiría en su presa. Se la comería sin parpadear antes de seguir adelante.

Pero ella tenía suficiente sentido común como para escapar antes de que ocurriese. Especialmente cuando tenía un objetivo mucho más importante.

—¿Estás decidida a hacerlo, a dejarme y dejar tu carrera?

—A dejarte, sí —respondió Saffron.

Él miró el frenético pulso que latía en su garganta antes de volver a mirarla a los ojos.

El teléfono de Saffie empezó a sonar en ese momento y ella, con su innata ética profesional, dio un paso adelante.

—Déjalo —dijo él—. Una de tus ayudantes responderá.

En cuanto empezó a trabajar para él se dio cuenta de que el volumen de trabajo era extraordinario y tuvo que contratar a dos ayudantes. Y, a pesar de ello, no tenía tiempo para hacer nada más.

Joao se inclinó hacia delante, envolviéndola en su embriagador aroma.

—¿Y nada de lo que yo pueda decir te hará cambiar de opinión? —le preguntó, usando ese tono suave, ronco, que la tenía hechizada.

Saffron negó con la cabeza. El vertiginoso estilo de vida de Joao impedía hacer planes a largo plazo y si seguía trabajando con él sería imposible formar una familia. Tener un hijo.

¿Cuántas veces había cambiado de planes a última hora? Como aquella vez, cuando le organizó un viaje a Aspen para esquiar y, de repente, decidió que prefería las pistas de Suiza, preferiblemente ese mismo día.

¿No la había despertado en medio de la noche un mes antes para pedirle que organizase una visita a los viñedos chilenos que acababa de comprar por cuarenta millones de dólares? Aún estaba medio dormida cuando el avión privado despegó desde una isla griega de su propiedad cincuenta minutos después.

Pero esa incesante, incontrolable, actividad no podía ser buena para su salud. No, no podía esperar más.

–No puedes decir nada que me haga cambiar de opinión –afirmó.

–Sé que esto tiene que ver con Marruecos. Concretamente, con la última noche en Marrakech, ¿no es verdad? –le preguntó Joao, con una voz ronca que resonó dentro de ella.

Saffie se apoyó en la puerta, intentando respirar.

–¿Qué?

–Pues olvídalo. Fue un error, no debería haber pasado. Si necesitas eso para quedarte, te ofrezco mis disculpas.

–Yo no…

–¿No aceptas mis disculpas o dudas de mi sinceridad?

Saffron estuvo a punto de soltar una carcajada. Joao era implacable, cáustico hasta la crueldad a veces, imposiblemente arrogante y demasiado atractivo, pero nunca había dicho nada que no pensase de verdad. Su integridad era la razón por la que los poderosos lo admiraban y envidiaban tanto como lo temían. Y era la razón por la que ella adoraba su trabajo, aunque a veces la volviese loca. Había una dinámica fabulosa entre ellos y la emoción de trabajar con alguien tan brillante hacía que no se aburriese nunca.

–No, no es eso –respondió por fin.

No podía quedarse. Aquel hombre era peligroso para ella y sabía que quedarse sería un error fatal.

El trato con el Grupo Archer estaría firmado en tres meses, antes si Joao se salía con la suya, pero ¿cuál sería el coste para ella?

Demasiado alto.

Joao le levantó la barbilla con un dedo para obligarla a mirarlo a los ojos.

—Tres meses, Saffie. Solo te pido eso. Quédate, cierra este trato conmigo y luego, si quieres, márchate.

Tres meses no era una eternidad, pero temía que Joao fuese capaz de convencerla para que se quedase. No, no podía arriesgarse.

Tomó aire, pero al hacerlo respiró su evocador aroma, una colonia francesa especialmente creada para él. Lo sabía porque una de sus muchas tareas era hacer sus maletas y más de una vez se había dejado llevar por la tentación de abrir el frasco de colonia, intentando descifrar dónde terminaba ese aroma y empezaba el suyo propio.

Seguramente no lo sabría nunca.

Saffron se volvió hacia la puerta.

—¿Dónde vas?

—A tomar el aire. O de vuelta a mi escritorio. En cualquier caso, mi respuesta sigue siendo la misma.

Había puesto la mano en el picaporte, pero el silencio de Joao la dejó inmóvil. Porque ese silencio significaba que estaba recalibrando, calculando cómo conseguir lo que quería. Aun así, no estaba preparada para sus siguientes palabras:

—Te necesito.

Saffie se quedó atónita. Jamás le había dicho eso en cuatro largos años. Ni a ella ni a nadie.

Joao no era un hombre que necesitase nada.

Quería, deseaba, tomaba.

Se dio media vuelta, buscando una explicación en su enigmático rostro.

—¿Estás intentando manipularme?

Con los pies separados y las manos en las caderas, él la miraba impertérrito.

—Quiero que te quedes —afirmó, con la brutal sinceridad con la que solía desarmar a sus oponentes antes de asestar el golpe final—. Haré lo que tenga que hacer para conseguirlo. Tú lo sabes porque me conoces mejor que nadie.

Cuando se trataba de trabajo, pensó ella. Cuando se trataba de anticiparse a todos sus deseos, incluso cuando se trataba de sus relaciones privadas. Era capaz de leer entre líneas y a menudo adivinaba cuándo era hora de enviar un carísimo regalo con una nota, dejando claro que todo había terminado.

Hasta unos meses antes había logrado protegerse a sí misma. Nunca había querido indagar en los detalles personales de su vida, no había querido saber cómo había salido de una *favela* en Brasil para convertirse en el hombre más rico del mundo. Los medios de comunicación hablaban de él constantemente y en la página web de la empresa había una biografía con tres sencillos párrafos, pero, aparte de que su madre había muerto a los treinta y cinco años, cuando él era muy joven, Saffron sabía poco más.

No sabía cuál era su color favorito, qué había causado esa cicatriz en la palma de su mano izquierda o dónde iba cuando se despedía de ella en Nochebuena y desaparecía durante veinticuatro horas. El día de Navidad era el único día que su teléfono no sonaba, el único día que Joao no la llamaba para pedir algo.

Lo único que sabía de él era que trabajaba con una intensidad que era casi obsesiva.

—En realidad no te conozco, Joao. Y no hay nada de malo en querer tomar un camino diferente para conseguir mis objetivos.

Él apretó la mandíbula.

—Sé que disfrutas de los retos, Saffie. Te aburrirás en el carril lento.

Tal vez tenía razón. En los últimos cuatro años había disfrutado de un estilo de vida por el que millones de personas darían lo que fuese. Había viajado por todo el mundo, viendo cómo él lo conquistaba una y otra vez. Y, entre el sueldo y las bonificaciones, tenía suficiente dinero como para poder retirarse. Tal vez su vida sería aburrida cuando se fuese de allí.

Saffie desechó la tristeza que le provocó ese pensamiento, recordando que la vida no sería aburrida cuando tuviese un hijo.

—Estoy decidida, Joao. Podría quedarme durante seis semanas para formar a tu nueva ayudante…

—No te quiero aquí con un pie en la puerta —la interrumpió él—. Necesito que estés comprometida del todo con esta transacción. Y conmigo.

—¿Y si las negociaciones se alargasen?

—No será así. Pero te lo advierto, Saffie, esta es la última vez que te lo pido.

Había lanzado el guante y ella tenía que responder. No podía negar que pensar en despertarse un día sin la descarga de adrenalina que era el mundo de Joao le daba cierta aprensión, pero el deseo de formar una familia renació el día que cumplió veintiocho años, recordándole que el tiempo se le escapaba de las manos.

Tras la muerte de su madre adoptiva se había encerrado en sí misma, sin querer hurgar en el dolor por miedo a no encontrar la salida de ese túnel. Y después, los estudios, el trabajo con Joao…

Irónicamente, había sido un aterrizaje de emergencia en el jet privado de su jefe lo que le había forzado a hacer inventario de su vida por primera vez. Joao le había dado el día libre, creyendo que era el incidente lo que la había afectado tanto, pero se había pasado el día llorando por la madre adoptiva que apareció en su vida tan tarde y se fue tan pronto.

Y también le había hecho ver algo que no había querido ver hasta ese momento, que su vida estaba vacía. Se había enterrado en el trabajo, pero no podía seguir cerrando los ojos. Sin embargo, aunque le ilusionaba hacer realidad su sueño por fin, el sueño que había tenido durante tanto tiempo, experimentaba también un anhelo diferente.

Cuando miró a Joao vio un brillo de determinación en sus ojos. Podían separarse enfadados, con la posibilidad de tener que acudir a los tribunales, dependiendo de lo difícil que decidiera ser. O podría tener doce inolvidables y estimulantes semanas con el hombre más carismático que había conocido en su vida mientras escondía el profundo anhelo que albergaba en su corazón.

–Quiero oírlo, Saffie –insistió Joao–. Tres meses de tu atención sin reservas y sin volver a hablar de dimitir.

Ella tragó saliva, intentando rasgar la neblina de euforia que le hacía olvidar el sentido común.

–Muy bien, me quedaré hasta que hayas cerrado el trato con Lavinia Archer.

Joao no se regodeó en la victoria, pero en sus ojos había un brillo calculador que le hizo sentir una punzada de aprensión.

–Hay algo más, Joao…

–¿Sí?

–Quiero tu palabra de que no te pondrás en mi camino cuando llegue el momento de irme.

Capítulo 3

JOAO había conseguido lo que quería: Saffron iba a quedarse. Había conseguido tiempo para encontrar la forma de librarse del problema.

Ese acuerdo era todo lo que necesitaba. Y, sin embargo, la promesa que Saffie esperaba se le quedó atragantada, su satisfacción al haber solucionado el desastre se mezclaba con algo que no podía descifrar.

Incertidumbre, pensó entonces.

La dimisión de Saffron había hecho que se sintiera inseguro y ahora no sabía qué terreno pisaba.

Tal vez sería mejor dejarla ir para que jugase a las familias con algún desconocido…

El rechazo que le produjo esa idea lo dejó helado. Absurdo. La discusión de principio a fin era sencillamente absurda.

No debería estar tan irritado cuando, como Saffie había dicho, él no tenía el menor interés en las razones por las que ella deseaba marcharse.

Él no quería tener un hijo ni formar una familia. Había borrado esa idea de su mente después de cumplir diez años y no lo había reconsiderado ni una sola vez, pero entendía que la gente quisiera tener hijos porque era lo más natural. Incluso daba una bonificación a sus empleados cuando aumentaban la familia.

Entonces, ¿por qué lo enfadaba tanto que su ayudante ejecutiva quisiera tomar ese camino? ¿Por qué pensar que Saffie se iría algún día, para siempre, hacía que se le cubriese la frente de un sudor frío?

Porque no quería dejarla ir.

Su valor se había multiplicado con los años y él era un hombre que capitalizaba el valor de sus activos.

Sencillamente, lo había pillado desprevenido. Y llevaba demasiado tiempo intentando apagar aquel incendio cuando lo que debería hacer era sentarse tras su escritorio y encontrar la forma de cerrar el trato con el Grupo Archer.

Había pasado demasiados años convirtiendo a Saffron Everhart en su perfecta mano derecha como para liberarla prematuramente. Equivocado o no, y aunque sabía que tarde o temprano se marcharía y él no podría evitarlo, Saffie era suya...

–¿Estás de acuerdo?

La voz de Saffie, ronca y suave, interrumpió sus pensamientos. El ardor de su entrepierna era sorprendentemente descarado y había crecido en intensidad desde esa noche en Marruecos. Una noche que había intentado olvidar sin el menor éxito, aunque por el momento era capaz de trabajar con ella sin revelar que estaba perdiendo la cabeza.

–¿Joao?

Él apretó los dientes. No debería haberle pedido que lo llamase por su nombre de pila. Por supuesto, no le había contado que odiaba su apellido, pero seguía utilizándolo para demostrarle a Pueblo Oliviera que no podría librarse de él como lo había hecho aquel aciago día, dos décadas atrás, cuando su jefe de seguridad lo había echado de su mansión de Sao Paulo. Y tampoco le había contado que odiaba a su madre por haberlo cargado con el apellido de un hombre que no tenía el menor interés en asumir el papel de padre.

—¿Vamos a discutir esto o vas a seguir mirándome como si me hubiera crecido otra cabeza? —le espetó Saffie.

Joao intentó olvidar el pasado y se concentró en sus ojos. Alternando entre azul y gris dependiendo de su estado de ánimo, los ojos almendrados eran claros y directos, atrayentes. Tan seductores como sus labios, en aquel momento fruncidos bajo la nariz respingona. No habían sido tan remilgados cuando la besó en Marruecos. Al contrario, eran suaves, húmedos y deliciosos mientras gemía de placer, mientras gritaba durante el orgasmo...

Joao apartó de sí un tórrido recuerdo que estaba haciendo estragos en su entrepierna.

—Pareces muy segura del futuro, Saffie.

—Lo estoy.

—¿Por qué crees que no acabarás suplicándome quedarte después de esos tres meses?

Ella se mordió el labio inferior, anormalmente agitada, llamando de nuevo su atención hacia la perfecta curva de su boca, hacia los pequeños y blancos dientes clavados en la carne.

—Sé lo que quiero —respondió ella por fin.

—Muy bien, entonces te doy mi palabra. ¿Ahora podemos ponernos a trabajar?

Saffron se irguió, asintiendo con la cabeza.

—Voy a hacer la lista que me has pedido.

—Muy bien. ¿Te ha gustado el collar que he encargado para ti?

—Es fabuloso, pero...

—Como vas a quedarte, me gustaría mucho que te lo pusieras durante la subasta de orquídeas salvajes en Shanghái con Lavinia Archer. A menos que también vayas a discutir eso.

Ella exhaló un suspiro, pero no mordió el anzuelo.

Debería alegrarse de que volviera a ser su inconmovible ayudante, pero no era así.

—Hemos llegado a un acuerdo, Joao. Me encargaré de que Lavinia vaya a Shanghái para que puedas comprarle una orquídea que florecerá por primera vez en ocho años. ¿Alguna cosa más?

Sus ojos echaban chispas y Joao sintió la tentación de atizarlas. Pero ya estaba bien. Ahora que había apagado el fuego de su deserción, tenía que concentrarse en su padre. En concreto, asegurarse de que Pueblo no saliera victorioso en su batalla para conseguir el Grupo Archer.

Pueblo Oliviera era un multimillonario, pero Joao era el Oliviera cuyo nombre la gente pronunciaba con deferencia y admiración. Era a él a quien buscaban los líderes mundiales para hacer negocios, era a él a quien pedían consejo.

Pueblo odiaba que su hijo bastardo, el producto de una noche de borrachera con una prostituta, se hubiera convertido en un hombre de enorme poder e influencia, pero Joao pensaba dedicar todo su tiempo y sus esfuerzos a mantener esa posición de superioridad. Y, para hacerlo, necesitaba a toda su gente, incluida su ayudante, de modo que intentó controlar sus emociones… no sin antes tomar la carta de dimisión y rasgarla por la mitad.

—Puedes llevarte esto —le dijo.

Mientras la veía acercarse al escritorio, el movimiento de sus caderas le recordó que no había tenido relaciones con ninguna mujer desde Marruecos. Desde aquella noche en la que había celebrado la victoria sobre su padre dejándose llevar por la tentación.

Pero por la mañana había descubierto el interés de Pueblo por el Grupo Archer y no podía distraerse o perdería esa batalla. Él sabía de primera mano el caos que podía provocar una pasión desenfrenada y no tenía intención de volver a caer en esa trampa.

Con envidiable compostura, Saffie tomó el documento.

—Si no quieres nada más, voy a seguir trabajando.

—Por supuesto.

La vio salir del despacho sintiendo como si acabase de salir de una centrifugadora. ¿Alguno de los tratos multimillonarios que había cerrado lo había dejado tambaleándose de ese modo?

Haber crecido en la más abyecta pobreza, viendo hasta dónde era capaz de llegar la gente para llevar comida a la mesa o salir del arroyo, había despertado en él una fiera oposición a la familia y los hijos. Y eso antes del doble rechazo de sus padres, que solo había cimentado lo que ya sabía: la familia era una ilusión mientras funcionaba y la gente se desprendía de las responsabilidades en cuanto empezaban los problemas.

El sonido de su teléfono privado interrumpió tan amargos pensamientos y, dejando escapar un suspiro de alivio, se dirigió a su escritorio para responder.

—Joao Oliviera —anunció, con una autoridad que era como una segunda naturaleza para él.

En unos minutos había vuelto a ser el competente magnate, con la mirada puesta en el siguiente reto.

Era casi como si la última hora no hubiera pasado. Salvo que había pasado.

De nuevo, experimentó esa incómoda mezcla de incertidumbre y desequilibrio. Eran los recuerdos del pasado lo que le producía ese descontento, pensó.

Pero él estaba acostumbrado a superar cualquier adversidad y también superaría aquella. Con esa firme decisión, se dispuso a trabajar.

Cuando Saffie llamó a la puerta del despacho unas

horas después, también ella había vuelto a ser la de siempre. Le contó lo que los investigadores habían descubierto sobre Lavinia y sugirió ideas interesantes que coincidían con sus planes. La escena estaba preparada para ganarse la confianza de la heredera y conseguir así el Grupo Archer.

Saffie había enviado un avión privado a Sudáfrica y, a mediodía, tenía la confirmación de que Lavinia iba camino de Shanghái. Solo había hecho falta una brillante idea: un sobre con membrete dorado y una hoja de papel con el nombre de una famosa casa de subastas.

Para una heredera como Lavinia Archer, que lo tenía todo, el cebo había sido irresistible y Joao lo habría celebrado si su humor hubiese mejorado desde el lunes, pero no era así.

Se alegraba de que Saffie estuviera en el salón de belleza, preparándose para el viaje a Shanghái, porque no había sido capaz de mirarla en las últimas treinta y seis horas sin el irritante recordatorio de que pensaba abandonarlo.

Estaba acostumbrado a su serena fachada, pero quería saber algo más. Quería saber qué la emocionaba para que no volviese a pillarlo por sorpresa. Pero, en el fondo, él sabía que era más que eso. Aquello había empezado en Marruecos, tras una noche singular que solo podía compararse con otro hito en su vida, cuando ganó su primer millón.

Eran las circunstancias, se decía a sí mismo. La compra del Grupo Archer consumía sus días y sus noches y era lógico que todos los que tomaban parte en la transacción estuvieran en sus pensamientos.

Lavinia.

Pueblo.

«Saffie».

Estaba leyendo las últimas noticias sobre Pueblo cuando a sus oídos llegó una cálida risa. La risa de Saffie, que estaba hablando con alguien en su despacho.

Joao abrió la puerta y se quedó inmóvil al verla charlando con otro empleado. Nunca la había oído reírse así, tan alegre, tan relajada.

Tan cautivadora y sorprendente como lo había sido en Marrakech.

¿Siempre era así cuando no estaba con él?

El deseo de descubrir sus secretos lo empujó hacia delante.

–¿Es una reunión privada o puedo interrumpir?

Ella se dio la vuelta, sorprendida. El joven con el que hablaba parecía asustado y Joao se alegró. Le molestaba esa nueva y desconocida faceta de Saffie, que rara vez compartía con él.

–Mi ordenador se ha quedado congelado, así que he llamado a Andy, del departamento de tecnología, para que lo solucionase.

–Si ya lo has solucionado, tal vez podríamos seguir trabajando.

Saffie esperó hasta que Andy se despidió apresuradamente.

–¿Tenías que hacer eso? –le preguntó luego, molesta.

–¿Hacer qué?

–Hablarle de ese modo. Acaba de tener una sobrina y estaba enseñándome fotografías.

–Estaba haciéndote perder el tiempo y, por lo tanto, haciéndome perder el tiempo a mí. Y te pedí que me llevaras el archivo de Hunter-Shrike cuando volvieses.

–Lo dejé en tu escritorio antes de irme. Estabas mirando por la ventana y tal vez no me oíste entrar.

Joao frunció el ceño.

–Estaba pensando.

–¿En qué?

–En tu pequeño discurso.

–¿A qué te refieres?

–Dijiste que soy un vampiro.

Saffron se puso colorada y Joao tuvo que meter las manos en los bolsillos del pantalón para contener el deseo de tocarla.

–Bueno, tal vez podría haberlo explicado mejor.

–¿Solo tal vez?

Ella exhaló un suspiro de irritación.

–¿Así que estabas pensando en mi discurso y qué?

–No quieres un aumento de sueldo y protestas cuando te ofrezco otros incentivos, así que he decidido duplicar las donaciones este año y hacerlo en tu nombre. Prepara una lista.

–¿Una lista?

Joao se encogió de hombros.

–Una lista de las asociaciones benéficas que más te interesen. Me has acusado de ser un vampiro, Saffie. Espero que puedas ayudarme a ser un hombre mejor –le dijo–. Esta noche cenaremos en mi apartamento. Espero que la tengas preparada para entonces.

Volvió a su despacho de mejor humor, aunque solo duró unas horas, hasta que su ayudante se quedó inmóvil frente a las puertas del ascensor que llevaba a su ático.

–¿Algún problema?

–¿Por qué vamos a cenar en tu apartamento?

–Porque, según la nota que has dejado en mi agenda, todas las salas de juntas están ocupadas hasta mañana. ¿Se te había olvidado?

Saffie se puso colorada.

–Ah, sí, se me había pasado.

Joao sujetó la puerta del ascensor.

—Sube, Saffie. Te aseguro que el único líquido de color rojo que me interesa es el vino de mis viñedos.

Ella lo miró, irritada.

—Vas a recordármelo siempre que puedas, ¿no?

—¿Que has comparado a tu jefe con un vampiro? Pues sí, es un tema que quiero discutir en tu próxima evaluación.

Saffie entró en el ascensor y Joao admiró sus torneadas piernas, que parecían interminables sobre los tacones, y el elegante vestido de rayas que abrazaba sutilmente sus curvas. Se imaginó a sí mismo bajando esa cremallera, desnudándola…

Tomó aire para calmarse mientras las puertas doradas se cerraban tras ellos.

Sí, estaba en terreno desconocido, pero era un reto que agradecía. Incluso lo disfrutaba.

Cuando las puertas del ascensor se abrieron, Saffie miró a su alrededor con un gesto de curiosidad. Se le ocurrió entonces que, a pesar de estar juntos tantas horas al día, ella solo había estado allí un par de veces y siempre para trabajar.

Aunque el trabajo consumía gran parte de su tiempo, Joao también disfrutaba de los beneficios que ofrecía ese estilo de vida. Por ejemplo, el helicóptero que lo llevaba a cualquier parte sin tener que soportar el tráfico de Londres.

El sol estaba poniéndose, dándole un brillo anaranjado al sofá del salón que le recordaba cierto diván en Marruecos.

Antes de que pudiese borrar de su mente tales pensamientos, el recuerdo volvió con fuerza, bombardeándolo.

Apretando los dientes, Joao se dirigió al comedor y suspiró, aliviado, cuando su chef puso un plato de ensalada de tallarines con trufas delante de ella y un filete de *wagyu*, la carne más exclusiva y cara del mundo, frente a él.

Joao tomó la botella de vino chileno, un *vintage* de su viñedo particular, pero ella negó con la cabeza cuando iba a servirle una copa.

—No quiero vino, gracias. Tengo jaqueca.

Joao torció el gesto.

—¿Has tomado algo?

Saffie se encogió de hombros.

—He estado ocupada.

—¿Demasiado ocupada para tomar una pastilla?

—Normalmente, el dolor desaparece enseguida.

—¿Normalmente? —repitió él—. ¿Te pasa a menudo?

—¿Por qué te interesa tanto mi salud de repente?

—Esta semana me has acusado de hacerte trabajar como un negrero, así que estoy decidido a librarte de ese dolor de cabeza.

—¿Y piensas hacerlo interrogándome?

—Eso es mejor que verte mover la comida en el plato.

Joao se levantó para salir del comedor y volvió unos minutos después con una pastilla.

—Toma.

Saffie dejó los cubiertos sobre el plato y, a regañadientes, levantó el vaso de agua.

—Bueno, ya está. ¿Ahora podemos hablar de otra cosa?

Joao volvió a sentarse.

—Desde luego —respondió, clavando su mirada en unos ojos más grises que azules—. ¿Has traído tu lista de proyectos benéficos? Quiero que al final de esta semana tu opinión sobre mí haya mejorado.

Ella soltó abruptamente la servilleta, mirándolo con gesto airado.

–Si estás intentando que me sienta mal por lo que dije, no te molestes.

Joao tomó un sorbo de vino.

–¿Y si lo dijera en serio, Saffie? ¿Eso haría que cedieses un poco?

–Seguro que las asociaciones benéficas en cuestión lo agradecerán.

–No estoy hablando de eso. Estoy hablando de ti. ¿No quieres que sea un hombre mejor?

Saffron tomó aire, llamando la atención de Joao hacia sus generosos pechos.

–Supongo que algo es algo.

–Muy bien, hagámoslo entonces.

Ella lo miró, recelosa, y eso hizo que se cuestionase sus motivos. Ya le pagaba mucho más de lo que ganaría cualquier otro ayudante ejecutivo. ¿De verdad estaba dispuesto a ir tan lejos solo para convencerla de que se quedase?

Lo haría, sí. Llegaría tan lejos como hiciese falta para humillar a su padre. Sus razones no eran del todo altruistas, pero decidió ignorarlo mientras miraba la lista. Más de la mitad eran asociaciones benéficas para familias y niños en situación de desventaja y se preguntó si de verdad Saffie pensaba dejarlo para hacer realidad su sueño de tener hijos y formar una familia.

–Muy bien –murmuró–. Tienes permiso para transferir cien mil libras a cada una de estas asociaciones.

Ella lo miró, perpleja.

–Eso es demasiado.

–No creo que ellos piensen lo mismo. Dame las gracias y sigamos adelante.

–Muy bien. Gracias, Joao.

–De nada. ¿Qué es lo siguiente en la agenda?

–Vincent Gingham va a llamar en media hora. Tal vez deberíamos...

–Gingham puede esperar. Aún no has tomado el postre y le he pedido al chef Bouillard que hiciese tu favorito.

El chef, que viajaba por todo el mundo con Joao, apareció entonces con una bandeja de plata que dejó sobre la mesa antes de desaparecer discretamente.

Ella miró el postre con gesto receloso.

–¿Qué estás haciendo, Joao?

Esa no era la respuesta que había esperado.

–Estoy cenando.

–No me cuentes historias. ¿Primero ese collar absurdamente caro y ahora esto?

–Es un postre, Saffie. No hagas una montaña de un grano de arena.

–Has dicho que era mi favorito. Algo favorito es algo que te gusta mucho y que disfrutas de vez en cuando, pero esto es una mousse de chocolate con trufas recubierta de oro de veinticuatro quilates. Y solo lo he probado una vez, cuando me invitaste a comer contigo el día de Año Nuevo.

Joao se encogió de hombros.

–Quería celebrar que vas a seguir conmigo.

–Pero...

–El collar no cuenta. Te lo he regalado por tu trabajo con el Grupo Archer y lo encargué antes de que me hablases de tus planes. Ahora come, venga. Gingham se pone insoportable cuando lo hago esperar demasiado.

Saffie no se rebajó a fulminarlo con la mirada, pero casi, y Joao esbozó una sonrisa.

La miró mientras metía delicadamente el tenedor en la dorada creación y lo probaba con la punta de la lengua antes de metérselo en la boca.

Cuando dejó escapar un suspiro de placer, toda la sangre se concentró en su entrepierna y tuvo que tomar un trago de vino para disimular. Cinco largos minutos después, Saffie levantó la mirada.

–Gracias, Joao. Estaba riquísimo.

Él asintió con la cabeza mientras se levantaba de la silla, intentando disimular discretamente el bulto bajo la cremallera del pantalón.

–Quiero que estés presente durante la videoconferencia con Gingham –le dijo, mientras se dirigía a la puerta del estudio–. Cuando tú estás presente dice menos tonterías.

–¿Quieres decir que lo controlo cuando se sale del guion?

–Exactamente.

–Muy bien. Voy a buscar el archivo.

Joao se quitó la corbata y la tiró sobre una silla. Su atuendo informal irritaría al magnate de la prensa sureña, pero lo bueno de haber llegado a la cima del éxito era que eso le importaba un bledo. Él no necesitaba a nadie. Aunque no siempre había sido así.

Amargos recuerdos aparecieron entonces en su mente: su madre insultándolo por haberse dignado a nacer. El hambre que no le desearía ni a su peor enemigo, las bandas de delincuentes que intentaban robarle la poca comida que conseguía mendigar de los turistas, la pelea con un pandillero que casi le había costado un brazo.

Abrió la mano para mirar la cicatriz que le recordaba esa infausta noche en la *favela* y al médico que había sido su salvador.

–¿Todo bien?

Saffie lo miraba con unos ojos que veían demasiado.

–Sí, todo bien –respondió Joao, mientras se desabrochaba el primer botón de la camisa.

–¿Estás seguro? Te has quedado…

No pudo terminar la frase porque, de repente, él el pasó un dedo por el labio superior.

–¿Qué haces?

–Chocolate –respondió Joao, con voz ronca–. Tienes un trocito de chocolate en el labio. No creo que quieras hacer una videollamada llevando el postre en la boca, ¿no?

Ella exhaló un suspiro.

–No, claro. Gracias.

Él se llevó el dedo a los labios, saboreando el chocolate y su particular sabor mientras Saffron dejaba escapar un gemido que lo excitó como nunca.

«Meu Deus».

Tenía que apartarse, poner distancia entre ellos, pero no podía hacerlo. Todavía peor, no quería hacerlo. No quería dejar de mirar esos ojos azules que lo llamaban con su canto de sirena.

–Gingham –le recordó Saffie.

–Tenemos diez minutos más.

–Yo debería… deberíamos…

Joao le pasó un brazo por la cintura. Lo que estaba haciendo era muy poco sensato, pero no podía evitarlo y Saffie ni siquiera intentaba resistirse.

Y entonces, demasiadas semanas después de esa primera y abrumadora noche en Marruecos, Joao se apoderó de su boca y saboreó a la mujer que debería ser intocable para él.

Capítulo 4

SAFFIE estaba ardiendo, su sentido común nublado por el prohibido e irresistible deseo. Pero aquello no debería pasar.

Sus terminaciones nerviosas no deberían despertar ante un simple roce. Joao no debería hacerla perder la cabeza con un simple beso. No debería usar ese cuerpo tan duro y viril para hacer que se olvidase de todo y…

Dejó de pensar mientras se apretaba contra él, abriendo la boca para recibir sus besos, anhelando ese placer irresistible.

Se había dicho a sí misma que esos tres meses serían absolutamente platónicos. Nada de repetir lo que había pasado en Marruecos. Nada de perder el control.

Y, sin embargo, allí estaba, dejándose llevar, dejando que Joao tomase el control con un simple beso.

En el pasado, había tenido una relación que duró varios meses antes de enfriarse. Nada de lo que experimentó en esa relación se parecía a lo que había sentido con Joao en Marrakech. O a las sensaciones que experimentaba en ese momento.

Sus pechos se hincharon cuando Joao la apretó contra la pared de cristal del estudio, metiendo un duro muslo entre sus piernas.

Se besaron con salvaje abandono y cuando por fin él se apartó para respirar sus ojos echaban chispas de deseo.

La había mirado así esa noche, en Marrakech, despertando en ella un deseo que no había conocido nunca.

Pero también aprensión. Porque desde que puso los ojos en él había intuido que Joao Oliviera podía poner su vida patas arriba y esa intuición se había hecho realidad dos meses antes, en Marruecos.

Joao dejó escapar un gruñido mientras deslizaba las manos por su tórax para rozar sus pechos desvergonzadamente mientras la besaba con un ansia que le quitó el aliento.

Acarició sus erguidos pezones sin piedad, haciéndola temblar y apretarse contra su mano con total abandono.

—Tócame, Saffie —dijo con voz ronca.

Enfebrecida, ella pasó las manos por sus anchos hombros, por su torso, por los duros músculos de su estómago.

Apenas se dio cuenta de que él le levantaba el vestido, pero sintió el calor de sus dedos en las caderas y disfrutó de la estela de fuego que iban dejando en su piel.

Joao buscó sus labios de nuevo mientras metía los dedos bajo las bragas para explorar su húmedo calor hasta que se le doblaron las rodillas. Saffie gimió y él se tragó ese gemido mientras abría sus pliegues con los dedos...

Como de muy lejos, de otro mundo, Saffie oyó el sonido de un teléfono.

Joao murmuró algo mientras la besaba una vez más y ella parpadeó, intentando llevar oxígeno a sus pulmones.

—Joao...

—No hagas caso.

Pero el sonido del teléfono le recordó dónde estaba y qué estaba haciendo.

Y con quién.

«Santo cielo».

Saffron se apartó.

–No, Joao. Para.

Él masculló una palabrota en portugués mientras la dura evidencia de su deseo empujaba de modo insistente contra su vientre.

Por suerte, se apartó y Saffie intentó respirar mientras se alisaba frenéticamente el vestido.

Un minuto después, Joao se volvió para mirarla.

–¿Estás lista?

Parecía haberse recompuesto. Volvía a ser dueño de su entorno mientras ella tenía que hacer un esfuerzo sobrehumano para controlar un deseo que no había sido saciado.

Pero consiguió hacerlo. Se apartó de la pared y se sentó frente a la pantalla. Cuando la videollamada terminó, Joao había conseguido cerrar otro trato multimillonario.

–Debo volver a mi despacho –murmuró Saffie, levantándose de la silla–. Tengo mil cosas que hacer antes del viaje.

–Muy bien. Bajaré en diez minutos –respondió él, con tono frío e indiferente.

Eso era todo lo que ella necesitaba para no volver a caer en la tentación. Pero ¿por qué se le había encogido el corazón de repente?

Saffie intentó calmarse mientras entraba en el ascensor, pero se le doblaron las piernas y tuvo que apoyarse en la pared de espejo, jadeando.

«Es increíble».

Cómo era capaz Joao de hacerse dueño de su cuerpo. Cómo disfrutaba ella cuando lo hacía.

Tragó saliva, sintiendo que le ardía la cara. Se había dejado llevar por cada caricia, por cada beso, como una amante hambrienta de sexo, ofreciéndose en bandeja de plata. Y eso no podía ser.

Al fin había entendido lo importante que era para él el trato con el Grupo Archer y sospechaba que su empeño en conseguirlo era la razón por la que no había una nueva amante en su vida.

Joao parecía querer que ella ocupase ese puesto, saciando sus necesidades sin el tedio de tener que cortejarla.

Como esa noche en Marrakech, ella sencillamente estaba allí, disponible y dispuesta. Un cálido cuerpo femenino del que disfrutar durante un rato… para volver a ser su fiel y capaz ayudante por la mañana.

Ese pensamiento le devolvió algo de su perdido equilibrio.

Esa noche con Joao no había sido más que una aventura excitante, un momento de locura. Tenía que recordar eso, tal vez constantemente, para que esa absurda sensación de trascendencia desapareciese, para que los locos latidos de su corazón cesasen de una vez.

A pesar de esa regañina, sintió un cosquilleo entre las piernas al recordar cómo la había tocado, cómo la había acariciado.

Cuando Joao bajó unos minutos después, Saffie estaba frente a su escritorio, intentando concentrarse en el trabajo.

–No me has dicho cómo ha ido la sesión con el estilista.

Saffie dio un respingo. Los pantalones oscuros y la camisa de color burdeos destacaban su soberbia musculatura. Un cuerpo duro, viril, que ella había explorado menos de una hora antes.

Se le aceleró el pulso y tuvo que hacer un esfuerzo

para pensar con claridad, recordando que su conversación cuando volvió del estilista no había sido precisamente afable.

—Bien, todo bien —respondió por fin.

—Me alegro.

Joao se quedó en la puerta y, tonta que era, Saffie levantó la cabeza para mirarlo. Intentó descifrar su expresión y se le encogió el estómago al no ver más que un frío interés profesional.

Tan silenciosamente como había aparecido desapareció de nuevo en su despacho y empezó a hacer impacientes demandas, como decidido a recuperar cada minuto que habían perdido en ese ilícito abrazo.

Por primera vez desde que empezó a trabajar para él, Saffie se encontró mirando el reloj y tomando el bolso en cuanto dieron las nueve.

Tenía el móvil pegado a la oreja cuando Joao asomó la cabeza en su despacho, haciéndole un gesto para que entrase, pero ella se despidió con la mano y salió corriendo.

Por capricho, le pidió al chófer que Joao había contratado para ella que la llevase a su casa, en Chiswick. Había comprado el apartamento dos años antes, como inversión gracias a su más que generoso salario. Su frenético ritmo de trabajo solo le permitía ir al apartamento una o dos veces por semana, y eso si tenía suerte. La mitad de las plantas, que seguía comprando en un gesto de desafío porque esperaba que su vida diese un milagroso cambio, sobrevivían gracias a que su vecina se compadecía de ellas.

El resto del poco tiempo libre que tenía lo pasaba en uno de los apartamentos para ejecutivos que la empresa ponía a disposición de los empleados de alto rango. Era allí donde tenía su ropa de trabajo y donde dormía unas pocas horas cada noche.

Y ahora, mientras recorría unas habitaciones que deberían resultarle familiares, pero que no lo eran, seguía pensando en lo que había pasado en el ático.

Las caricias de Joao, sus besos, el calor de su cuerpo.

Decidida, sacó la maleta y guardó las pocas cosas esenciales que tenía allí. En realidad, podría irse y no volver nunca porque todo lo que necesitaba estaba en la suite para ejecutivos.

Aunque esa noche se había dejado llevar, el orden volvería al día siguiente, pensó.

Pero no fue así. Joao estaba de mal humor por la mañana y Saffie salió de su despacho después de preparar una videoconferencia. Quería dejar de pensar en él y, sobre todo, sacudirse el adictivo deseo que había echado raíces en su interior.

Iba a marcharse cuando sonó el interfono.

–¿Sí?

–Ven a mi despacho, por favor –le pidió Joao.

Las necesidades de Joao Oliviera eran continuas y numerosas.

Como el deseo que despertaba en ella sin hacer el menor esfuerzo. Un deseo que había hecho realidad en Marruecos y que desde entonces se había vuelto mil veces más poderoso.

Pero lo conocía bien y sabía que estaba impaciente. Su aspecto, aparentemente relajado, no la engañó ni por un momento.

–¿Qué necesitas? –le preguntó, con una voz no tan firme como debería.

Joao la miró en silencio durante unos segundos antes de mirar el reloj.

–Los de Silverton no han terminado el informe.

Saffie frunció el ceño.

–He hablado con ellos esta mañana. Lo hemos repasado y está todo bien. Si no fuera así, no habría pedido la reunión.

Joao se levantó del sillón.

—No estoy satisfecho con lo que he visto, así que tenemos quince minutos.

—¿Quince minutos para qué?

Él enarcó una burlona ceja.

—Para hablar de lo que pasó ayer en el ático y si va a provocar otro episodio como el del lunes.

A Saffie le dio un vuelco el corazón.

—¿Por qué?

—Dímelo tú. Deberíamos haber mantenido esta conversación anoche, pero tú no estabas disponible.

—Me fui a casa, a mi apartamento. En cuanto a hablar de lo que pasó, yo creo que no es necesario.

—¿Estás segura?

—Sí, lo estoy. Digamos que fue un momento de locura temporal.

Joao apretó los labios.

—Ah, qué magnánimo por tu parte.

Saffron apartó la mirada y se aclaró la garganta.

—Si no necesitas nada más, tengo una reunión en tres minutos.

—¿Qué reunión?

—La de los ayudantes ejecutivos.

—Cancélala —le ordenó él.

—Ya la he cancelado tres veces. Como directora de los ayudantes ejecutivos, tengo que acudir.

Joao se quedó callado un momento, sin dejar de mirarla, y luego, abruptamente, volvió a su escritorio.

—¿Joao?

—¿Sí?

—¿De verdad el equipo de Silverton no estaba preparado?

Él hizo una mueca.

–Tardaban mucho en hacer que el proyector funcionase para la presentación y me impacienté.

–¿Cuánto esperaste, diez segundos?

–Tal vez, no lo sé. Pero la otra razón por la que te he llamado es que quiero tu opinión sobre Silverton. Me oculta algo, estoy seguro. Pero, por supuesto, si tienes que ir a esa reunión…

Suspirando, Saffie tomó el teléfono y marcó un número.

–¿Señor Oliviera?

–No, Justine, soy Saffron. No voy a poder ir a la reunión. No, no la canceles. Ocupa mi sitio y envíame las notas cuando haya terminado.

–¿Estás segura?

–Sí, estoy segura. Gracias –respondió Saffie. Después de cortar la comunicación se volvió hacia Joao–. Bueno, ya está.

Él la miró con una expresión inusualmente seria.

–*Obrigado* –murmuró.

–¿Qué crees que oculta Silverton? –le preguntó, intentando averiguar qué significaba esa mirada.

–No estoy seguro, pero sea lo que sea lo descubriré.

Saffie no sabía si hablaba de Silverton o de otra cosa, pero últimamente le daba demasiadas vueltas a todo, tal vez por el deseo de conocer mejor al hombre que había bajo esa capa de poder y autoridad.

¿Por qué a veces lo encontraba mirando la cicatriz de la palma de su mano con gesto de angustia? ¿Por qué casi siempre tenía los puños cerrados, como sujetando un precioso recuerdo?

Cuando levantó la cabeza lo vio mirándola con gesto pensativo.

–¿Qué ocurre?

—Creo que el equipo de Silverton ya está listo —dijo Joao.

Saffie se dio cuenta entonces de que estaba sonando el teléfono. Estaba tan perdida en sus pensamientos que no se había dado cuenta y, poniéndose colorada, levantó el auricular.

—Despacho del señor Oliviera… Muy bien, señor Silverton.

Sin mirar a Joao, pulsó el botón de la pantalla. Cuando volvió a mirarlo, el gesto pensativo había desaparecido y, de nuevo, era el poderoso y centrado magnate mientras que ella era incapaz de concentrarse. Pero tragó saliva, jurando recuperar la compostura como fuera.

—Espero que ahora esté mejor preparado —dijo Joao cuando se encendió la pantalla.

—Por supuesto —respondió Silverton—. Disculpe el problema técnico de antes. Ya está resuelto.

—Estoy seguro de que no volverá a pasar. Ahora deme el informe, por favor. Y luego las previsiones.

Cuatro horas después, despegaban desde un aeropuerto privado en el sur de Londres. Cualquiera de los cuatro dormitorios del lujoso Airbus A320 habría sido perfecto para descansar después de unas interminables setenta y dos horas, pero su jefe tenía otras ideas y ninguna de ellas incluía darle un respiro.

Sentados en un suntuoso sofá de piel en el despacho del avión, hablaron por videoconferencia con varios ejecutivos de las sedes de Nueva York y la India que los pusieron al corriente sobre varios proyectos. Durante tres horas.

Cuando terminaron, Joao se dio la vuelta para mirarla sin decir nada, una táctica para poner nerviosa a la gente que nunca había funcionado con ella hasta unos meses antes. Hasta que se acostó con su jefe en Marruecos. Ahora no podía mirarlo sin recordar con vívido detalle lo que era estar aplastada contra esa vibrante piel, experimentar el poder de su virilidad, recordar el roce de esos labios sensuales chupando sus pezones, haciendo magia entre sus muslos…

«No pienses en ello».

Estaba claro que quería ponerla nerviosa, probablemente por la rebelión del día anterior, cuando salió corriendo del despacho fingiendo que hablaba por el móvil.

—Lavinia Archer aterrizó en Shanghái hace dos horas. Está encantada con su suite y con los regalos que le has enviado.

—Se los has enviado tú —dijo él, clavando los ojos en el elegante pantalón de lana beis y el jersey rosa de cachemir.

—Dos postores más se han unido a la subasta privada por la orquídea Shanzi, de modo que ahora son once. Lamentablemente, no he podido convencer a la casa de subastas para que redujese el número a nueve.

Joao enarcó una ceja.

—¿Estás perdiendo tu toque especial, Saffie?

—No lo creo, más bien se ha corrido el rumor de que tú estás interesado y eso ha atraído a los típicos advenedizos que creen que pueden ganarte en algo —respondió ella.

Joao esbozó una arrogante sonrisa y Saffie intentó concentrarse en su tablet para no hacer ninguna tontería como mirar esos fascinantes ojos dorados o rozar su mano.

—Da igual, pienso ganar a toda costa —dijo con voz ronca, acercándose un poco más para mirar la tablet por encima de su hombro.

Saffie sintió un escalofrío. Ganar siempre era lo más importante para él y, sin embargo, algo en su actitud le despertó una vocecita de alarma.

Tenía que calmarse, pensó.

—Los investigadores han enviado el último informe sobre Pueblo Oliviera.

Joao se apartó inmediatamente. El gesto fue tan abrupto que Saffie tuvo que levantar la mirada.

En sus ojos había un feroz brillo de determinación. Tal vez el mismo que había en los suyos cuando pensaba en tener hijos.

Había jurado no seguir sola, cumplir la promesa que le había hecho a su madre adoptiva en su lecho de muerte y formar una familia, aunque fuese una familia de dos, para dejar atrás la insoportable soledad que había sufrido de niña.

«Pueblo Oliviera».

Aunque lo sospechaba, nunca le había pedido a Joao que se lo confirmase. Por el feroz brillo de sus ojos, tampoco ahora era el momento, pero algo la empujó a preguntar:

—Es tu padre, ¿verdad?

—Padre biológico. Tengo el dudoso honor de llevar su apellido —respondió él con tono seco.

Saffie había buscado información en Internet cuando vio los informes confidenciales sobre Pueblo Oliviera, un millonario que, aunque no estaba en la misma liga que su hijo, tenía suficiente influencia en el mundo de los negocios como para competir con él algunas veces.

No había tardado mucho en entender la brutal rivalidad que existía entre los dos hombres. Una rivalidad que iba más allá de los negocios.

—¿Hablas con él?

Joao se rio amargamente.

–Sí, hablamos. A través de beneficios y pérdidas. Concretamente, mis beneficios y sus pérdidas.

–¿Por qué?

Él apretó los labios y Saffie contuvo el aliento, temiendo haberse pasado de la raya.

–Mi nacimiento fue un error que él no estuvo dispuesto a reconocer. Así que digamos que he decidido estar siempre en su punto de mira.

–¿Te dijo eso? ¿Que eras un error?

–En ciertas circunstancias, las palabras no son necesarias. Un niño sabe lo que sus padres sienten por él sin que tengan que decírselo. No es un fracaso admitir que no estás preparado para ser padre y tomar medidas para evitarlo. Yo lo sé muy bien –Joao torció el gesto–. Es una pena que él no lo supiera.

Saffron tragó saliva.

–¿No quieres tener hijos? –le preguntó, aunque ya sabía la respuesta.

Joao se encogió de hombros.

–No es uno de mis objetivos –se limitó a responder–. Pueblo me dio la espalda y después decidió convertirse en mi enemigo, pero es muy divertido ganarle siempre.

–Pues no pareces particularmente divertido –replicó Saffie.

–No, esta vez no. Porque esta vez se le ha metido en la cabeza que puede robarme el Grupo Archer.

–¿Por eso estás tan decidido a cerrar el trato con Lavinia, porque tu padre es el mayor rival?

–Olvidas que soy un hombre de negocios y este sería el negocio más lucrativo en muchos años.

Saffie sabía que no era solo por eso. Joao quería ganar a su padre al nivel más alto, de una vez por todas. ¿Por qué? ¿Qué había pasado entre padre e hijo?

Por supuesto, no iba a preguntar. Sabía que debía

ser discreta sobre ese tema y contener el deseo de indagar en la vida privada de un hombre que tenía el mundo en la palma de la mano y que la fascinaba más cada día. ¿De qué serviría conocerlo mejor? Joao era inalcanzable para ella.

Tendría que seguir con él durante los próximos tres meses, pero después de eso...

En fin, no quería pensar en ello. Había madrugado mucho y tenía que irse a la cama lo antes posible para estar fresca cuando recibiesen a Lavinia.

—¿Ahora piensas mal de mí, Saffie?

—¿Qué?

—Si pudieras hacerlo, ¿no te vengarías de tu madre por haberte abandonado, por dejarte al cuidado de unos desconocidos?

Ella lo miró, sorprendida.

—¿Sabes que crecí en un orfanato?

—Sí, lo sé. Tú lo sabes casi todo sobre mi vida, así que me parece justo saber algo sobre la tuya.

Saffie tardó un momento en calmar los latidos de su corazón.

—Me gustaría saber lo que pasó, desde luego, pero no conozco su versión de la historia.

—Pero debes de haber imaginado la situación, ¿no?

Su insistencia hizo que se preguntase si habría pasado por lo mismo que ella. ¿Era eso lo que lo había vuelto tan amargado?

—He imaginado todo tipo de situaciones, pero no sé por qué hizo lo que hizo y he aprendido a vivir con ello. Y a agradecer el tiempo que tuve con mi madre adoptiva.

Joao la miró en silencio, pensativo.

—¿Quieres que te lea el informe? —le preguntó Saffie para cambiar de tema.

Él se encogió de hombros.

–Muy bien.

Saffron abrió el documento.

–Tiene que renegociar la fusión con la empresa de Qatar el mes que viene. Ha hecho una oferta para comprar seis viñedos en Sudáfrica y está negociando una posible fusión con una empresa italiana de transportes.

–Quiero el nombre de la empresa de Qatar, el resto puede esperar. ¿Qué más?

Saffie tragó saliva, aprensiva, antes de mencionar el último asunto.

–Lavinia Archer tiene una cita con él en San Francisco el lunes.

Joao esbozó una sonrisa helada.

–Lavinia no irá a esa reunión.

La arrogancia de esa afirmación era aterradora.

–¿Puedo preguntar cómo puedes estar tan seguro?

–Porque nos llevaremos a Lavinia a Brasil.

–Pero Brasil no está en la agenda.

Joao tiró la tablet sobre la mesa.

–No lo estaba hace cinco minutos, pero ahora sí –respondió.

–Ah, muy bien. ¿Quieres que…?

–Creo que ya has trabajado suficiente por hoy. No quiero darte ninguna excusa para que vuelvas a quejarte.

Cuando puso las manos sobre el respaldo de la silla, Saffie tragó saliva. Era casi como si estuviese abrazándola y tuvo que apretar los muslos, sintiendo un cosquilleo entre las piernas.

–En ese caso, creo que deberíamos irnos a la cama.

–¿Ah, sí?

–O, al menos, yo debería irme a la cama –se corrigió Saffie inmediatamente.

—Creo que es ahora cuando mi supuesta inmortalidad dicta que debo insistir.

—Si esperas que me disculpe otra vez por llamarte vampiro…

—¿Y perderme la oportunidad de reprochártelo a todas horas?

Saffie sacudió la cabeza, más para aclarársela que por otra cosa.

—Deberías irte a la cama. El viaje a Shanghái es muy largo y tenemos que estar frescos en la subasta.

—Estás un poco nerviosa. ¿Te importaría decirme por qué?

—Tal vez porque estoy agotada.

Joao se inclinó un poco más y ella dejó de respirar.

—Te encanta el trabajo, Saffie. No es eso, se trata de otra cosa.

—Solo es agotamiento. Si no te importa…

—Pero sí me importa. No pensarás volver a discutir, ¿verdad? Porque te advierto que mi paciencia no es infinita.

Saffron tuvo que hacer un esfuerzo para no soltar una carcajada.

—Cuéntamelo a mí —murmuró.

Él le levantó la barbilla con un dedo para mirarla a los ojos. Se quedó así, mirándola durante largo rato, como si pudiese ver dentro de ella.

—Es demasiado tarde para echarse atrás, Saffie. Espero que no me decepciones renegando del acuerdo.

—No voy a hacerlo.

A Saffron le pareció que exhalaba un suspiro de alivio, pero debía de ser el cansancio. Su objetivo era firmar el trato con Lavinia Archer. Todo lo demás, incluyendo su breve revolcón en Marruecos, solo era un placentero extra.

—Muy bien, espero que así sea.

–Me voy a la cama. Si me necesitas, llámame.

Él miró su boca con una ferocidad que la hizo temblar.

–No soy un completo tirano. Creo que puedo arreglármelas sin ti durante unas horas.

–Estupendo. Pondré el despertador para levantarme una hora antes de aterrizar.

–¿Saffie? –la llamó Joao cuando estaba a punto de salir.

–¿Sí?

–Que duermas bien.

El vestido rojo de lentejuelas abrazaba sus curvas y caía hasta el suelo con una discreta cola. El estilista la había convencido para que se pusiera ese vestido. Era una exquisita pieza de alta costura, pero ella nunca se había puesto nada tan rojo o tan atrevido. Ponérselo ahora, cuando se sentía tan confusa, cuando cada célula de su cuerpo parecía encenderse cada vez que estaba cerca de Joao, era un reto y no sabía si estaría a la altura.

Cuando se miró al espejo respiró un poco mejor. El vestido proyectaba la confianza que necesitaba, la clase de sofisticación que Joao Oliviera exudaba sin hacer el menor esfuerzo y que esperaba que emulasen todos los demás, aunque los demás quisieran encerrarse en la habitación del hotel para ocultar sus emociones.

Por lo tanto, iba vestida de modo adecuado. Especialmente aquella noche, cuando la primera ofensiva para ganarse a Lavinia Archer tenía que ser perfecta.

Saffron se apartó del espejo.

No podía esconderse. No podía renegar de la promesa que le había hecho a Joao, pero no parecía capaz de recuperar la calma.

Por suerte, eso que la tenía tan alterada no afectaba a su trabajo. O, al menos, esperaba que no lo afectase.

Recorrer la inmensa suite del hotel Reign en Shanghái, que ocupaba la última planta de un exclusivo rascacielos, le daría tiempo para respirar profundamente e intentar serenarse.

Pero no pudo hacerlo porque cuando abrió la puerta se encontró con Joao. Lo había visto con esmoquin en muchas ocasiones, pero esa noche tenía un aspecto hipnotizador, magnífico. Cuando dio un paso atrás para mirarla de arriba abajo, Saffie contuvo el aliento, sin saber si quería que comentase algo sobre su aspecto o prefería que fuese fríamente impersonal.

—¿Ocurre algo? —le preguntó.

Él siguió mirándola de arriba abajo hasta que sus ojos se encontraron.

—*Você parece sublime* —murmuró.

—Solo he entendido la última palabra —dijo ella.

Y, a menos que estuviese equivocada, era un cumplido. El corazón le empezó a latir con fuerza contra las costillas.

—Tal vez deberías aprender portugués, Saffie. En realidad, me sorprende que no lo hayas hecho.

Iba a dejar la empresa en unos meses. ¿Para qué iba a aprender portugués? Por alguna razón, pensar en eso la hizo sentir una punzada de dolor.

—Ya que tú hablas mi idioma de modo impecable, nunca me ha parecido una prioridad. ¿Vas a traducirme lo que has dicho?

—Creo que lo has entendido.

—¿Querías algo, Joao?

—Pensé que necesitarías ayuda para ponerte el collar.

El collar de diamantes y rubíes que le había regalado el lunes, el día que anunció que se marchaba. El día que él le dijo que la necesitaba.

¿Solo habían pasado cuatro días?

—No, he pensado reservarlo para otra ocasión —respondió Saffie. Por ejemplo, el día que la llamasen del palacio de Buckingham.

—¿No has elegido ese vestido pensando en el collar?

—No.

—¿Se puede saber cuál es el problema?

—Sigo pensando que es demasiado.

—A mí me da igual lo que piensen los demás y a ti tampoco debería importarte, Saffie. Póntelo o no lo hagas, tú decides.

Joao miró su reloj Richard Mille, que valía dos millones de dólares. Había sido un regalo del relojero suizo, una astuta idea con la que sus beneficios se habían puesto por las nubes cuando Joao salió luciéndolo en todas las revistas.

—En cualquier caso, vamos a llegar tarde.

En realidad, el collar iría perfecto con ese vestido, tuvo que reconocer Saffie. Atravesó la opulenta habitación, con molduras doradas, sofás de seda y una lámpara de cristal Swarovski que parecía una catarata de lágrimas, y sacó el collar de la caja, pero, cuando iba a ponérselo, Joao se lo quitó de las manos.

—Date la vuelta.

Ella lo hizo, conteniendo el aliento. Cuando Joao puso la mano en su cuello cerró los ojos, rezando para mantener la compostura. No tenía que mirarse al espejo para saber que el efecto sería fabuloso y el gesto satisfecho de Joao cuando la tomó por los hombros para darle la vuelta dejaba claro que había pasado la prueba de elegancia.

—*Perfeita* —murmuró.

Poco después subían al brillante Rolls Royce que los esperaba en la puerta del hotel para llevarlos a la casa de subastas. Los guardaespaldas que siempre viajaban con Joao iban delante y detrás del coche en dos furgonetas negras, como era habitual.

Él seguía siendo rígidamente cortés cuando llegaron a su destino veinte minutos después y el anfitrión del evento se apresuró a saludarlos y acompañarlos al salón de recepciones. Lavinia Archer ya estaba allí. La septuagenaria, ataviada con un fabuloso vestido de seda gris y una combinación de diamantes y perlas, sonrió al ver a Joao.

—Eres muy perverso, Oliviera.

—¿Por qué?

—Tentarme con este misterio… tú sabías que no sería capaz de resistirme.

Joao se llevó su mano a los labios.

—Insisto en que me llames Joao. Y me alegro de que mi pequeña estratagema haya funcionado, pero la responsable de todo es mi ayudante. ¿Te acuerdas de Saffron?

Ahora que conocía algo de su historia, Saffie sospechaba que insistía en que lo llamasen por su nombre de pila porque no quería tener nada en común con su padre biológico. ¿Qué otros demonios se esconderían bajo esa aparente seguridad?

—Por supuesto —respondió Lavinia—. Vaya, qué maravilla de collar. No sé cómo te lo has ganado, querida, pero te aconsejo que sigas haciendo lo que haces.

Aunque el tono de Lavinia era más admirativo que malicioso, Saffie palideció.

Antes de Marruecos, ese tipo de comentario no le habría afectado, pero ahora… la ponía nerviosa y no sabía cómo reaccionar.

—¿Qué ocurre? —le preguntó Joao en voz baja.

—Nada, estoy bien.

–Siempre me has dicho lo que piensas, Saffie. No empieces a ocultarme cosas ahora.

Ella se mordió el labio inferior, insegura. ¿Cómo iba a decirle que se sentía expuesta, que una noche con él la había trastornado y ya no se reconocía a sí misma?

Fue un alivio cuando salieron del salón de recepciones para ir a la sala de subastas.

Una figura familiar se acercó entonces. William Ashby III, el magnate que había intentado contratarla muchas veces hasta que, por fin, ella había dejado caer que podría estar interesada. Will, siempre elegante, había respondido con simpatía cuando le dijo que, al final, no iba a aceptar su oferta de trabajo.

El larguirucho rubio era tan diferente a Joao como el día a la noche. Un aristócrata inglés que, según su propia admisión, hacía lo mínimo posible para mantener a flote su empresa y el resto del tiempo intentaba pasarlo lo mejor posible. Y contratarla siempre que podía.

–Me había parecido que eras tú –le dijo a modo de saludo.

–Hola, Will.

–Casi no te había reconocido con tanto brillo. Estoy cegado –bromeó él con su simpatía habitual.

Saffie se llevó una mano al collar, intentando inventar una excusa. En realidad, no tenía que dar ninguna explicación por el generoso regalo de Joao, pero algo en su expresión hizo que Will enarcase las cejas.

–Qué mirada tan fiera. Suficiente para que te ofrezca el doble de lo que te paga Oliviera si cambias de opinión.

Ella esbozó una sonrisa.

–¿Solo el doble? Lo siento, pero esta misma semana he recibido una oferta por el triple y la he rechazado.

Will se llevó una mano al corazón en un gesto dramático que atrajo todas las miradas. Incluida la de Joao.

—Vaya, parece que estoy en el punto de mira de tu jefe. ¿Debo asustarme?

—Tal vez —bromeó Saffron—. Sabe que me has hecho una oferta.

—Dios mío, ¿me has echado a los leones sin avisarme?

Joao se acercó entonces con gesto irritado.

—Hola, Ashby —lo saludó con frialdad.

—Me has pillado intentando robarte a tu ayudante otra vez —dijo Will, sin el menor remordimiento.

—Ya lo veo. Tal vez es hora de reivindicarla como mía de una vez por todas —replicó Joao, mirándola a ella—. ¿Crees que eso es necesario, Saffie?

Ella sabía que no estaba hablando de trabajo, sino de algo personal, algo que le provocaba un cosquilleo entre las piernas.

—No es necesario. Will sabe que no tiene posibilidades —respondió.

El hombre miró de uno a otro, asintiendo con la cabeza.

—Ya veo que no. Que disfrutéis de la noche.

Cuando se alejó, Joao la miró con gesto serio.

—Casi podría decir que estás animándolo.

Estaba enfadado y, en otras circunstancias, ella habría cambiado de tema. Pero, por alguna razón incomprensible, no quería hacerlo. Quería decirle que aquella debería ser una experiencia agradable, un canto de cisne antes de sustituir aquella montaña rusa por la familia que tanto anhelaba.

Quería decirle lo que pensaba cuando nunca antes lo había hecho. Salvo en Marruecos.

El recordatorio hizo que apretase la copa de champán.

–No lo he animado, pero creo que tenemos que hablar... cuando volvamos al hotel.

–No –replicó él con sequedad.

–¿Qué? Ni siquiera sabes de qué quiero hablar.

–¿No? Estás angustiada desde ayer.

–Yo nunca estoy angustiada.

–Antes del lunes no, pero estos últimos días han sido diferentes... para los dos.

–No sé a qué te refieres.

–Ver a la mujer que hay bajo ese frío exterior me ha abierto los ojos.

Saffie se puso colorada hasta la raíz del pelo, pero Joao se limitó a esbozar una sonrisa.

–Es demasiado tarde para meter al genio en la botella. Sea cual sea el resultado, no voy a permitir que te escabullas.

Ella abrió la boca para protestar, pero un ujier se dirigía hacia ellos para llevarlos a los asientos reservados.

Lavinia estaba emocionada y Joao no se apartó de su lado mientras el subastador subía a la tarima.

–Como todos sabemos, esta no es una subasta habitual –empezó a decir–. Ocasiones como esta ocurren muy pocas veces. Esta noche seremos testigos de la presentación de la orquídea Shanzi. Esta maravilla que solo florece una vez cada ocho años florecerá en los próximos catorce días y solo durante seis horas...

–¡Dios mío! –exclamó Lavinia, con los ojos brillantes–. Joao, eres un hombre perverso. Tú sabes que debo tenerla, ¿verdad?

Un trío de ujieres apareció entonces con una planta en un tiesto de bronce pintado a mano. La orquídea tenía un tallo de color verde oscuro con tres bulbos de color morado.

Saffie olvidó momentáneamente su angustia para

admirar la rarísima y exquisita planta. La última orquídea Shanzi había florecido quince años antes, de modo que aquel era un momento histórico, una maravilla de la naturaleza.

—Tu deseo se hará realidad. Tienes mi palabra —dijo Joao.

Hablaba con Lavinia, pero estaba mirándola a ella y Saffie sintió un estremecimiento.

El hechizo se rompió cuando empezó la subasta. El precio de salida era un cuarto de millón de dólares, pero Joao replicó inmediatamente doblando esa cantidad y, desde entonces, animó a Lavinia a levantar la pala. Uno por uno, los pujadores iban rindiéndose hasta que adquirió la exótica planta por tres millones setecientos mil dólares.

Lavinia aplaudió con ilusión mientras subía a la tarima para inspeccionar su premio.

—Es sencillamente maravillosa, Joao. Voy a cancelar todos mis planes y me quedaré en Shanghái hasta que florezca. Y vosotros también tenéis que quedaros, por supuesto.

—Será un honor —asintió él—. Además, voy a organizar una cena para celebrar la ocasión. Una cena especial.

—Eso estaría muy bien.

—Te dejamos para que disfrutes de tu regalo.

Joao tomó a Saffron del brazo para volver al coche con aparente despreocupación, pero ella lo conocía bien. Estaba inquieto y eso la desconcertaba.

—Me encargaré de entretener a Lavinia estos días y organizaré un evento especial para marcar el momento del florecimiento…

—No quiero hablar de Lavinia —la interrumpió él—. A veces hay que dejar estar las cosas. ¿No te parece?

Saffie frunció el ceño. Era la primera vez que Joao

quería «dejar estar las cosas» para conseguir una transacción. Pero sus emociones seguían peligrosamente cerca de la superficie, de modo que se aclaró la garganta.

—Muy bien. ¿De qué quieres hablar entonces?

Él dio un paso adelante, envolviéndola con ese aroma único que hacía que le diese vueltas la cabeza. Cuando clavó la mirada en sus labios, pintados de un rojo profundo porque, según el estilista, era el único color que iba con ese vestido, se le aceleró el corazón.

—Decidas marcharte o no dentro de tres meses, tenemos que hacer tu evaluación anual.

—¿Quieres hacer eso ahora, en los quince minutos que tenemos antes de volver al hotel?

Joao enarcó una ceja.

—¿Dudas de mi eficiencia?

—Cuestiono la necesidad de hacerlo ahora, sin un miembro de Recursos Humanos presente como exigen las directrices de la empresa.

Él se encogió de hombros.

—Entonces será una evaluación informal. Una de tus tareas es hacer inventario y valorar las propiedades que tengo por todo el mundo, ¿verdad?

—Sí, claro —respondió Saffron—. ¿Me he perdido algo en el último informe?

Joao poseía veintisiete residencias, todas en perfecto estado, con empleados fijos por si le apetecía ir a alguna de ellas en cualquier momento.

—Según el último informe, no he usado la casa de la costa de Amalfi en dos años y he decidido transferir la escritura a tu nombre.

—¿Qué? ¿Mi bonificación es una mansión de nueve millones de euros?

—No te pongas nerviosa, unas simples palabras de agradecimiento serán más que suficiente. Claro que, teniendo en cuenta tu comportamiento esta semana, deberías darme las gracias dos veces por ser tan magnánimo.

—Mi comportamiento ha sido el de siempre y no puedo aceptar ese regalo —replicó ella—. A ti no te importan las apariencias, pero preferiría que no se enterase todo el mundo de lo que pasó en Marruecos.

—Yo no se lo he contado a nadie. Además, ¿qué tiene eso que ver?

—Una mansión de veinte habitaciones no es un regalo discreto precisamente. Parece más bien un pago por «los servicios prestados» —dijo Saffie en voz baja, temiendo que la oyese el chófer.

Joao pulsó el botón que levantaba el cristal separador.

—Solo estoy recompensándote por tu trabajo, nada más.

—Pero es una exageración. Y, si lo haces por Will, te aseguro que no es necesario.

Vio que se ponía tenso al escuchar ese nombre y se regañó a sí misma por haberlo mencionado. Estaba claro que Will lo exasperaba. ¿Lo había hecho deliberadamente para enfadarlo? ¿Y para qué? ¿Para ver si sentía algo?

—En cualquier caso, ya está hecho. Mis abogados ya han redactado la nueva escritura a tu nombre.

—Joao…

—Tienes razón, me molesta que Ashby intente quitarme lo que es mío, pero no merece la pena porque tú no vas a trabajar para él.

—¿Cómo lo sabes?

—Él nunca te retaría como lo hago yo. Y ya estoy cansado de discutir a todas horas, Saffie. Hazme un favor y deja de llevarme la contraria.

Afrentada, ella iba a protestar, pero Joao se lo impidió sellando su boca con un beso y, a partir de entonces, dejó de pensar.

Saffie se dio cuenta de que había abierto los labios y empujaba su cuerpo hacia delante para sentir su calor.

¿Dónde estaban su circunspección, su fuerza de voluntad, su amor propio?

No existían cuando se trataba de Joao, pero tenía que controlarse y hacerlo rápidamente porque hallarse en aquel estado de sensual adicción era peligroso para todos sus objetivos.

Capítulo 5

HABÍA perdido la cabeza, pensó Joao. Estaba dejándose llevar por la inseguridad y la insatisfacción que sentía recientemente. No había hecho eso desde que vivía en la *favela*, cuando se metía en líos continuamente por tomar decisiones apresuradas.

Saffie también era una complicación, pero una complicación deliciosa. Una a la que quería lanzarse de cabeza, sin pensar en las consecuencias.

La clase de complicación que, si no tenía cuidado, podría alterar sus planes y allanar el camino para que su padre ganase aquella batalla de voluntades.

Tembló cuando Saffie agarró su pelo con un entusiasmo que encendió su sangre y arrancó un gemido ronco de su garganta.

Pero tenía que controlarse. Poner en peligro esa última batalla con su padre estaba fuera de la cuestión.

Deseaba acostarse con Saffie, no podía dejar de pensar en ello. Y la desinhibición con que la acariciaba en ese momento dejaba claro que ella ponía a prueba su autocontrol.

Haciendo un esfuerzo sobrehumano, se apartó.

Sus labios estaban hinchados, suaves, húmedos, y su cuerpo exigía satisfacción con una urgencia que no había experimentado en mucho tiempo.

Quería tenerla, dar y recibir placer, hacerla gritar de ese modo que lo encendía.

El incontenible deseo de volver a besarla hizo que se apartase discretamente.

Meu Deus. ¿Dónde estaba la contención que se había jurado a sí mismo? ¿Dónde el recordatorio de que el deseo incontenible era precisamente la razón por la que él había llegado al mundo? Pueblo se había dejado llevar por sus más bajos instintos y cuando su madre se quedó embarazada quiso librarse de su responsabilidad.

No, él no recorrería el mismo camino.

Durante el resto del viaje, miró los barcos que recorrían el río Huangpu por la ventanilla mientras intentaba recuperar el control de su cuerpo y exhaló un suspiro de alivio cuando el chófer detuvo el coche en la entrada del hotel unos minutos después. Sin decir nada, la ayudó a salir y se dirigió a paso rápido hacia el ascensor privado que llevaba a la suite.

Porque él, Joao Oliviera, el hombre que había escapado de las situaciones más difíciles en su precaria juventud, se sentía atrapado en las garras de un deseo incontenible.

Se rio para sí mismo, pero hasta la risa se evaporó cuando descubrió que no podía apartar la mirada del pulso que latía en su garganta. Ni de su deliciosa espalda o sus caderas mientras salía del ascensor, sujetando la cola del vestido con una mano.

«Pelo amor de Deus».

Despidió al mayordomo cuando entraron en la suite y se volvió hacia ella para decir algo, pero Saffie se le adelantó.

—Esto tiene que terminar —anunció, levantando la barbilla—. Tenemos que encontrar la forma de portarnos de forma civilizada sin... esto que hay entre nosotros.

—Estoy de acuerdo.

—¿Ah, sí?

Saffie no pudo disimular su decepción y eso lo hizo sonreír. Aunque estaba de acuerdo con ella.

La necesitaba a su lado para demostrar a Pueblo de una vez por todas que él era más que merecedor del apellido del que había querido privarlo, que él era mejor que cualquier Oliviera, que si decidía cambiarse el apellido el mundo se inclinaría ante él con cualquier otro.

Que si algún día tenía un hijo...

Ese extraño pensamiento lo dejó helado.

¿Por qué? ¿Y por qué ahora, cuando la idea de tener un hijo siempre había sido rechazada por él en el pasado?

¿Era por Saffie? ¿Saber que su ayudante quería formar una familia se habría colado insidiosamente en su subconsciente, haciendo que se cuestionase su mortalidad y su legado?

No, imposible.

—Joao, ¿te encuentras bien?

—No quiero distracciones que pongan en peligro esta transacción. Lavinia está encantada con la orquídea, pero tenemos que capitalizar esa ventaja, especialmente en Brasil.

Ella lo miró, en silencio. Sus ojos eran más verdes que azules en ese momento.

—¿Porque tu padre estará allí? —le preguntó.

—Porque mañana sabrá que tengo cierta ventaja y hará lo que sea para ponerse a mi altura.

—Y tú quieres ganarle a toda costa, ¿verdad?

Joao hizo una mueca. No le gustaba que nadie metiera las narices en sus asuntos personales.

—No es asunto tuyo.

Saffie levantó la barbilla en un gesto de desafío que lo hizo desear tomarla entre sus brazos y besarla hasta dejarla sin aliento.

—¿Ah, no? ¿No me has suplicado que me quedase para ayudarte a llevar a cabo esta *vendetta* contra tu padre?

—Cuidado, Saffie.

—Puede que no sea asunto mío, pero creo que me conoces lo suficiente como para saber que yo no te traicionaría.

—¿Aunque no estuvieses de acuerdo con el objetivo?

—¿Eso te importaría?

Sí, le importaría. Pensar eso lo desconcertó y metió las manos en los bolsillos del pantalón mientras miraba por la ventana. La ciudad de Shanghái brillaba espectacular al otro lado del cristal, como una fiesta para los sentidos.

Pero él quería otro tipo de fiesta esa noche, una que empezaba y terminaba saciando su deseo con el cuerpo de Saffron. Su miembro latía bajo la cremallera del pantalón, dando su consentimiento.

En el reflejo de la ventana vio que Saffie levantaba la mano para tocarse el moño nerviosamente. Era un gesto que había hecho muchas veces, pero no se había fijado hasta ese momento. ¿En qué más cosas no se habría fijado?

¿Y por qué sentía esa necesidad de apaciguarla contándole cosas personales? Él no tenía nada que demostrar. Claro que tampoco tenía nada que perder y, después de todo, eso podría ayudarlo.

—Cuando tenía diez años, mi padre me dijo que no llegaría a nada en la vida.

Las palabras dejaron su garganta en carne viva, pero controló el dolor como había hecho siempre. Era una carga que había dejado atrás o lo habría hundido bajo su peso.

—¿Por qué te dijo algo tan horrible?

Joao se rio amargamente.

–Porque no esperaba tener un hijo después de un revolcón con mi madre, pero llegué al mundo, me cargué su perfecta vida y él decidió no dejar de recordarme de dónde venía.

–Entonces, ¿tus padres tuvieron una aventura?

Él se rio de nuevo.

–Una aventura es un término demasiado civilizado. Mi madre era una prostituta, Saffie. Se conocieron en la calle, cerca de la *favela* en la que nací, donde ella vendía su cuerpo para comprar drogas.

–¿Y tu padre no lo sabía?

–Claro que sí. Yo fui la manifestación física de su debilidad, un hijo que solo tenía dos posibilidades en la vida, convertirse en drogadicto o en traficante de drogas.

–Pero, evidentemente, tú no elegiste ninguna de esas opciones.

Joao miró la marca que había cambiado su vida, la cicatriz de la palma de su mano izquierda.

–No, pero estuve a punto de hacerlo.

–¿Cómo saliste de la *favela*?

Se había acercado lo suficiente como para respirar su aroma, ese aroma tan especial que parecía programado para atacar todas sus defensas.

«Você parece sublime».

Era más que sublime y él no quería seguir manchándola con su pasado, con secretos que había guardado celosamente hasta ese momento. Secretos que prefería llevarse a la tumba.

–Gracias a la ayuda de un desconocido. Eso es todo lo que debes saber.

–Pero tu padre… lo que te dijo…

Joao se encogió de hombros.

–Decidí demostrarle que estaba equivocado y pienso seguir haciéndolo hasta que acepte…

–¿A ti? Eso es lo que quieres, ¿no, Joao? Que tu padre te acepte.

–No, ese no es mi objetivo –respondió él con tono fiero–. Quiero que acepte que perderá cada vez que se enfrente conmigo. Y, cuando todo haya terminado, los dos sabremos quién es el vencedor.

Saffie lo miró con una mezcla de comprensión y tristeza en los ojos, pero él no necesitaba ni su comprensión ni su compasión. No necesitaba nada de nadie.

–Deja que te quite el collar –murmuró–. A menos que quieras dormir con él puesto.

Se imaginó a Saffie desnuda, solo con el collar, y tuvo que hacer un esfuerzo sobrehumano para no inclinar la cabeza y pasar los labios por su delicada nuca, para no hundir la cara en la curva de su cuello e inhalar su aroma.

Ella se dio la vuelta y, de repente, se llevó una mano a la boca.

–¿Qué ocurre?

–Creo que he comido algo que me ha sentado mal.

Iba a tomarla del brazo, pero ella se apartó.

–¿Quieres que llame al médico?

–No hace falta. Se me pasará enseguida.

Saffie se despidió a toda prisa, dejándolo a solas con sus turbulentos sentidos y su excitada libido.

«Trabajar», pensó.

Eso siempre lo calmaba. Podía repasar el asunto Ashby, por ejemplo. Quería darle una lección para que dejase de intentar robarle a su ayudante.

Pero ni siquiera eso despertaba su interés y los asuntos más importantes estaban controlados por Saffie, dándole un raro momento de libertad que debería aprovechar.

Sin embargo, la noche se convirtió en amanecer y

se encontró frente a la habitación de Saffie, llamando despacio antes de empujar la puerta para verla durmiendo plácidamente.

Mientras volvía a su habitación tuvo que reconocer la sorprendente verdad.

Saffie Everhart se le había metido bajo la piel y no podía dejar de pensar en ella.

Las náuseas que había sentido la noche anterior hicieron saltar a Saffie de la cama en cuanto abrió los ojos. Angustiada, corrió al baño y se agarró al inodoro de porcelana hasta que terminó de vomitar.

«No, Dios mío, no».

No podía estar enferma cuando necesitaba todas las armas de su arsenal. Por suerte, no tenía fiebre y no le dolía el estómago, de modo que no era una intoxicación alimentaria. Se incorporó, exhausta, pero sintiéndose un poco mejor. Cuando se duchó y se vistió solo unas ojeras le recordaban el incidente en el baño... y su atribulado sueño, que la había dejado dando vueltas y vueltas en la cama durante la mitad de la noche, enfebrecida al pensar en Joao.

El traje de chaqueta de color marfil y los zapatos de tacón de diez centímetros la animaron un poco, dándole la confianza que necesitaba para ir al comedor.

Joao estaba sentado a la mesa, leyendo el *Financial Times*. Durante un segundo se quedó inmóvil, recordando la conversación de la noche anterior.

Ella conocía el rechazo, lo había sentido en lo más hondo de su alma cada vez que no la adoptaban en el orfanato, pero no podía ni imaginarse lo que Joao habría sentido cuando su padre lo rechazó, diciendo que no llegaría a nada en la vida.

Era evidente que, como ella, usaba eso como estímulo para conseguir sus objetivos, pero también estaba claro que le había dejado una marca indeleble. Una que seguramente llevaba por dentro tanto como por fuera, en forma de una cicatriz en la palma de la mano. Una marca que ella, absurdamente, querría poder curarle.

¿Era por eso por lo que no quería tener hijos?

Le dio un vuelco el corazón. ¿Qué le importaba a ella cuáles fueran sus intenciones? Ella estaba decidida a formar una familia cuando por fin se hubiera despedido de Joao. Sin embargo, pensar en eso no la llenó de alegría como antes…

—¿Vas a quedarte ahí toda la mañana o vas a reunirte conmigo de una vez para que empecemos el día?

—Buenos días, Joao.

Saffie se acercó a la mesa, preguntándose por qué el soberbio café que solía encantarle, de repente olía demasiado fuerte.

No era justo que Joao tuviese tan buen aspecto por la mañana, pensó. La camisa gris de seda con corbata a juego destacaba su ancho torso y tuvo que dejarse caer sobre la silla a toda prisa porque le temblaban las piernas.

Joao frunció el ceño.

—¿Qué te pasa?

—Nada.

—¿No te encuentras bien? Anoche estabas dormida cuando fui a verte.

Ella lo miró, sorprendida.

—¿Fuiste a mi habitación anoche?

Por primera vez en la vida, Joao no parecía soberbiamente arrogante. Incluso apartó la mirada.

—Por supuesto. Soy un vampiro, ¿no?

Saffie no se dejó engañar por su aparente despreocupación. Se había preocupado por ella, había ido a su habitación para comprobar que estaba bien.

—Estoy bien, no me pasa nada —le dijo, haciendo una mueca cuando sintió una oleada de náuseas.

—Tengo ojos en la cara, Saffie.

Ella tomó su servilleta y se ocupó en abrirla lentamente para no tener que mirarlo.

—No te hagas médico. Tu trato con los pacientes es atroz.

—Mi posición en la vida me satisface enormemente… y no cambies de tema —replicó él—. Si te duele el estómago…

—He dicho que estoy… —Saffron dejó de hablar cuando la puerta se abrió y el mayordomo entró con una bandeja. Huevos Benedict, su desayuno favorito. Preparados por el chef Bouillard.

Las náuseas se intensificaron cuando el mayordomo dejó el plato frente a ella.

—Buenos días, señorita. Espero que le gusten…

Saffie se levantó a toda prisa, rezando para que las piernas la sostuvieran mientras corría al baño, y llegó justo a tiempo para vomitar lo poco que le quedaba en el estómago.

Joao entró tras ella y sacó el móvil del bolsillo.

—Voy a llamar al médico.

Saffie estaba a punto de decirle que no se molestase cuando otra oleada de náuseas la obligó a doblarse sobre el inodoro. Joao le sujetó la cabeza, aumentando su humillación, y le acarició las sienes mientras ella intentaba incorporarse.

Por fin, cuando sus piernas le respondieron, aceptó el vaso de agua que le ofrecía, incapaz de mirarlo mientras se enjuagaba la boca.

Sin decir nada, Joao metió una toalla bajo el grifo y la pasó por su frente.

—Solo es un problema estomacal —murmuró Saffie.

Él enarcó una ceja.

—¿Tú crees?

—¿Qué otra cosa podría ser?

—El médico nos dirá qué es.

—Estoy bien, ya se me ha pasado.

—Entonces no te importará que venga el médico. ¿Puedes caminar?

—Sí, claro.

Joao soltó la toalla y la tomó en brazos para salir del baño.

—Puedo andar —protestó ella con voz débil, pero no por las náuseas, sino por el calor de su cuerpo y su viril aroma.

—Estás temblando y, por primera vez desde que te conozco, no estás al cien por cien —dijo él.

—Siento decepcionarte —replicó Saffie.

Joao la dejó sobre el sofá del salón y desabrochó el botón de su chaqueta.

—No era una acusación.

Un segundo después, el mayordomo entró en la habitación con un hombre que se presentó como el doctor Chang.

Joao estrechó su mano antes de proceder a tomar el control de la situación.

Atónita, Saffie lo oyó hacer una lista de todo lo que había comido y bebido en las últimas veinticuatro horas cuando ni ella misma lo recordaba. Solo cuando las preguntas se volvieron personales, el doctor Chang se volvió hacia ella.

—Si desea privacidad, podemos…

—Estoy bien, seguro que se me pasará enseguida.

—Saffie, responde a las preguntas, por favor.

Ella se concentró en las preguntas del médico sobre su último periodo mientras le tomaba el pulso. Después de un rápido cálculo mental, abrió la boca para responder, pero de repente se quedó callada.

No, no podía ser. Era imposible.

Pero los ensordecedores latidos de su corazón le decían que así era.

Las fechas eran como letreros de neón en su cabeza.

—¿Señorita Everhart?

—Han pasado... casi nueve semanas desde mi último periodo.

Joao se quedó inmóvil, mirándola con gesto de incredulidad.

—¿Nueve semanas? —repitió en un susurro—. ¿Marruecos?

—¿Podemos hablar de eso más tarde?

—Solo tienes que responder sí o no.

Saffie exhaló un suspiro.

—Sí.

En el rostro de Joao vio una cascada de emociones, pero no podía descifrar ninguna de ellas.

—¿Cree que podría estar embarazada? —le preguntó el doctor Chang.

Saffron tragó saliva, atónita. La posibilidad de que una frágil y preciosa vida estuviera creciendo dentro de ella la dejó sin aliento.

Pero ¿cómo podía ser...?

—No, no lo creo. Usamos protección.

Sin embargo, algo dentro de ella le decía que sí y experimentó una fiera alegría y un profundo miedo. Aquello era todo lo que había querido desde el momento en que entendió lo que significaba tener una familia, pero también algo que no había planeado.

Joao no se había movido, pero ella notaba su agitación. Aún no había reaccionado, pero lo haría.

De modo inexorable, como un río de lava, lento y letal, deslizándose por una majestuosa montaña.

—Ningún método anticonceptivo es seguro al cien

por cien –dijo el médico–. ¿Su ciclo es regular, señorita Everhart?

–Sí.

–Un embarazo podría ser la causa de las náuseas, pero una sencilla prueba la sacaría de dudas.

Saffron miró a Joao. El brillo de sus ojos dejaba claro que estaba pensando lo mismo que ella: si estaba embarazada tenía que saberlo.

–Haga las pruebas que sean necesarias, doctor Chang.

–Muy bien.

Joao miró su vientre con expresión fiera antes de volver a mirar al médico.

–¿Cuánto tiempo tardará en saberlo con certeza? –le preguntó.

–Con un análisis de sangre, un par de horas.

Saffie se aclaró la garganta.

–¿Un análisis de sangre me diría de cuánto tiempo estoy?

–No, para eso tiene que hacerse una ecografía.

–¿Existe un ecógrafo portátil? –preguntó Joao.

Saffron sabía que sí. En el mundo del hombre más rico del mundo no había nada que no pudiera conseguir al momento.

–Sí, claro –respondió el médico–. En la clínica del hotel hay todo tipo de aparatos.

–¿No podría haber otra explicación para las náuseas? –preguntó Saffie.

–No lo creo. Según el señor Oliviera apenas comió nada anoche… estoy casi seguro de que son náuseas matinales. Puede combatirlas tomando galletitas saladas, por ejemplo.

Joao frunció el ceño.

–¿Galletas saladas?

–Las compraré luego en la tienda del hotel –dijo ella.

–Tú debes irte a la cama. Dime la marca de esas galletas y yo las compraré.

Imaginarse a Joao buscando cajas de galletas saladas en un supermercado casi la hizo reír, pero el médico estaba abriendo su maletín, dispuesto a tomar una muestra de sangre. Cuando terminó, cerró su maletín y se incorporó.

Saffie iba a incorporarse también, pero una nueva oleada de náuseas hizo que se derrumbase.

–¿No puede darle nada? –le preguntó Joao al médico.

El hombre vaciló.

–No quiero prescribirle medicación si está embarazada. Recomiendo que tome un té y descanse un rato. Por fuerte que uno sea, la noticia de que va a tener un hijo suele ser abrumadora –dijo el hombre, esbozando una sonrisa–. Volveré con el resultado del análisis dentro de unas horas.

Joao lo acompañó a la puerta y Saffie los oyó hablar en voz baja mientras se pasaba una temblorosa mano por la frente. Cinco minutos después, él volvió a su lado.

–¿Puedo preguntar de qué estabais hablando?

Joao la miró con ojos de halcón mientras se quitaba la chaqueta y la dejaba sobre el respaldo de una silla.

–Todo esto es nuevo para mí. Solo estaba pidiéndole información.

–No veo por qué. Esto no tiene nada que ver contigo.

Saffie iba a levantarse, pero él se lo impidió.

–Siéntate, por favor, y explícame por qué crees que esto no tiene nada que ver conmigo.

–No puedo. La reunión con el equipo de Shanghái empieza en cuarenta y cinco minutos.

–La he cancelado.

–¿Por qué?

–Porque tenemos asuntos más importantes que atender, ¿no te parece?

–El médico ha dicho que hay que esperar unas horas. Además, un embarazo no es una enfermedad. Puedo seguir haciendo mi trabajo.

–Apenas comiste anoche y has vomitado esta mañana, así que no estás bien, Saffie. Le he pedido al mayordomo que te traiga un té. Mientras tanto, explícame qué has querido decir.

Ella dejó escapar un suspiro.

–Tú no quieres hijos, Joao. No entran en tus planes, pero sí entran en los míos –le dijo, llevándose una mano al abdomen.

–Hay una gran diferencia entre la imaginación y la realidad, querida. Por ejemplo, siempre me imaginé que la relación con mi padre sería diferente de lo que es hoy. También me imaginé que esta fiebre que siento por ti amainaría, pero no es así.

–¿Qué?

–Estoy dispuesto a olvidar una cosa, pero pienso reclamar la otra. ¿Me entiendes?

Ella negó con la cabeza, casi temiendo entender lo que decía.

–No sé de qué hablas.

–Pues deja que te lo aclare –dijo Joao–. Puede que no tuviese intención de ser padre, pero enfrentado a la realidad, te aseguro que no voy a renunciar a mis derechos. Al fin y al cabo, ese bebé es de mi propia sangre –agregó, con un brillo decidido en los ojos–. Pero hablaremos del asunto cuando te encuentres un poco mejor.

Saffie no sabía qué pensar. Si de verdad estaba embarazada, y los sutiles cambios de su cuerpo le decían que así era, su vida había cambiado para siempre.

El doctor Chang volvió a mediodía. Saffie, que había conseguido retener una tostada y dos tazas de té, estaba de pie en el salón, con la imponente presencia de Joao a su lado, mirando a los dos técnicos que empujaban un ecógrafo.

La habitación parecía dar vueltas, pero Saffie no sabía que estaba perdiendo el equilibrio hasta que Joao la tomó por la cintura.

—Esta es nuestra nueva realidad —le dijo en voz baja.

La determinación de su tono le puso la carne de gallina. ¿Qué había querido decir?

El doctor Chang se acercó, dejando al mayordomo y los técnicos a una discreta distancia.

—Señorita Everhart, ya tengo el resultado del análisis de sangre. Enhorabuena.

Ella asintió con la cabeza. Tenía el corazón tan acelerado que pensó que iba a desmayarse.

—Gracias —murmuró.

—¿Quiere que le haga la ecografía?

—Sí, por favor.

En unos minutos estaba tumbada en la cama, emocionada al ver algo que parecía una diminuta judía en la pantalla. Y, cuando escuchó el rápido latido de un corazón, se le empañaron los ojos.

Su hijo. Su familia. Todas sus esperanzas, todas sus aspiraciones estaban al alcance de su mano. Había anhelado aquello desde siempre, pero solo se había imaginado a sí misma y a su hijo. Dos contra el mundo.

Lo único que quería era ser madre, tener un hijo al que abrazar, al que querer.

Tal vez porque había sido su madre quien la dejó abandonada, siempre había anhelado esa figura materna. Un padre había sido un sueño imposible. Y ahora también se enfrentaba a una situación imposible. La sombra del desconocido que un día sería el padre de su hijo acababa de tomar forma en el hombre más formidable que había conocido nunca.

El hombre más rico del mundo, con inmenso poder e influencia, un hombre que siempre estaría fuera de su alcance. Un hombre que pretendía reclamar a su hijo, pero no a ella.

El doloroso recordatorio de que Joao solo la quería a su lado para que lo ayudara a conseguir el Grupo Archer nubló su alegría.

El doctor Chang miró la pantalla y frunció el ceño.

—¿Qué ocurre? —le preguntó Joao.

—Nada malo, no se preocupe. Primero, puedo confirmar que está embarazada de unas nueve semanas —el hombre movió la varita sobre el abdomen de Saffie y esbozó una sonrisa—. Y también puedo confirmar que no solo se trata de un feto, sino de dos.

Joao contuvo el aliento.

—*¿Que você disse?*

—¿Qué? —exclamó ella.

—La señorita Everhart está esperando mellizos —anunció el doctor Chang.

Saffron se llevó una mano al corazón.

—Dios mío.

—Es demasiado pronto para confirmar el sexo de los bebés, pero podrán saberlo en unas semanas.

Saffron cometió el error de mirar a Joao, que estaba mirándola a ella.

«No pienso renunciar a mis derechos».

—Joao...

–Ahora no, Saffie –murmuró él, apartando la mirada.

Ella quería creer que estaba conmocionado por la noticia, pero no podía estar segura.

Mientras los técnicos se llevaban el ecógrafo, el doctor Chang les dio una corta charla sobre cuidados prenatales y se marchó después de prescribirle unas vitaminas.

Joao la miró en silencio durante unos segundos.

–¿Tomabas la píldora en Marruecos?

Ella hizo una mueca.

–Espero que no estés sugiriendo que esto ha sido algo deliberado por mi parte.

–No se me había ocurrido. Solo quiero entender nuestra situación.

«Nuestra situación». Dos palabras que dejaban claro que él se había colocado en su futuro, en su vida.

–No, la antigua píldora no me sentaba bien, así que estaba entre recetas. No dije nada esa noche porque usamos protección cuando…

–Cuando nos acostamos juntos. No es nada malo, Saffie.

–Ya lo sé.

–Una protección que falló, evidentemente.

«Mellizos», pensó ella, llevándose una mano al vientre. Los había concebido la noche que perdió la cabeza con Joao. Una noche que, a partir de ese momento, iba a perseguirla para siempre.

–Evidentemente, esto lo cambia todo –dijo él entonces.

–¿En qué sentido?

–En todos los sentidos –respondió Joao, dirigiéndose a la puerta–. Pero he retrasado la reunión con el equipo de Shanghái, como tú me habías pedido, así que seguiremos hablando más tarde.

Saffie se levantó de la cama y lo siguió hasta el salón.

—Le diré al chófer que nos espere abajo en cinco minutos.

—Voy a ir solo, Saffie.

—¿Por qué? ¿De repente me he convertido en una inválida?

—No, pero estás esperando mellizos y quieras admitirlo o no, necesitas tiempo para acostumbrarte a una noticia como esa. Sencillamente, voy a darte tiempo para que te acostumbres y preferiría que lo hicieses tumbada en la cama.

—¿Es una orden?

Él alargó una mano para rozar su cara.

—Sé que eres capaz de seguir haciendo tu trabajo, pero creo que necesitas tiempo para acostumbrarte a la idea, ¿no te parece?

—¿Quieres decir que estoy demasiado emotiva?

—Sí, creo que sí —respondió él con toda tranquilidad.

Y, para su eterna vergüenza, ella se lo confirmó haciendo un puchero. No podía evitarlo, la noticia daba vueltas en su cabeza, provocando tantas emociones distintas...

Pero tenía que seguir haciendo su trabajo.

—«Te necesito, quiero que te quedes. Haré lo que sea para que te quedes». ¿Te suenan esas palabras, Joao?

—No las he olvidado —respondió él, mirando su vientre con gesto posesivo—. Pero yo protejo lo que es mío, Saffie.

Antes de que ella pudiese encontrar la réplica adecuada, Joao desapareció. Además, le fallaban las piernas y tuvo que volver a la cama.

Joao notó que le temblaban las manos mientras entraba en la limusina.

Deus, estaba temblando de arriba abajo.

«Mellizos».

Su primer pensamiento cuando el médico les dio la noticia fue que él los había conjurado al pensar en herederos y legados la noche anterior.

Su segundo pensamiento fue: «¿mellizos?».

Pero entonces recordó que no sabía casi nada sobre la familia de su padre. Solo se había molestado en averiguar lo que le interesaba sobre sus intereses económicos, con una breve investigación sobre cualquier posible herencia genética perjudicial que él pudiese haber heredado.

Joao se sentía empujado por el deseo de proteger lo que había creado sin darse cuenta cuando sucumbió ante el deseo esa noche en Marruecos.

Tuvo que admitir que, en parte, había dejado a Saffie en la suite porque era él quien necesitaba tiempo para acostumbrarse a la idea de que iba a ser padre. Y también porque necesitaba una estrategia para afrontar la situación.

Saffie estaba esperando un hijo suyo. Dos hijos. Sus herederos.

Ya no podía marcharse.

«Sus herederos».

Pero aceptar aquella situación no era tan difícil como se había imaginado. Tal vez incluso había sido intervención divina, dándole otra oportunidad de imponerse a su padre.

Joao se relajó en el asiento, experimentando una

peculiar euforia mientras la limusina lo llevaba al centro financiero de la ciudad.

No había planeado aquello, pero la naturaleza tenía sus propios designios y la inesperada situación exigía completa y total dedicación a sus hijos y a la mujer que los llevaba en su seno.

Dejaría su legado a sus herederos, haría que el apellido Oliviera significase algo.

Por fin.

Capítulo 6

SAFFRON se levantó una hora más tarde y, después de arreglarse un poco, llamó al chófer. No necesitaba mirar su agenda para saber que la siguiente reunión de Joao empezaría en veinticinco minutos.

Por suerte, había poco tráfico y cuando llegó a la oficina los miembros del consejo de dirección estaban tomando asiento en la enorme mesa de conferencias.

Joao la miró con cara de sorpresa mientras se sentaba a su lado y encendía la tablet.

—¿Qué haces aquí?

—Mi trabajo —respondió ella—. Y, antes de que preguntes, la siesta ha hecho maravillas. ¿Quieres empezar?

Él parecía a punto de echar a todo el mundo de la sala, pero se lo pensó mejor. La reunión terminó dos horas después y, sabiendo que Joao estaría trabajando toda la tarde, Saffie salió de la oficina y despidió al chófer, esperando que un paseo le aclarase las ideas.

Cruzó el Pudong hacia la zona antigua de Shanghái, admirando los asombrosos templos y el jardín Yu, y cuando llegó a su destino había tomado una decisión: no renunciaría a su deseo de formar una familia ni por Joao ni por nadie.

El exclusivo restaurante Xinqu estaba situado en un antiguo templo que había sido elegantemente reformado, con maravillosos biombos de seda y una fuente de agua cantarina en el centro.

El exquisito té la serenó un poco, pero la llegada de Joao cinco minutos después, sin corbata y con el primer botón de la camisa desabrochado, volvió a agitarla.

Sin esperar invitación, se sentó frente a ella, mirándola a los ojos.

—Te has ido sin decirme nada y sin decirle al chófer dónde ibas.

—¿Cómo me has encontrado?

—¿Qué quieres demostrar, Saffie?

—Solo quería aclararme las ideas y tomar un té.

—¿Aclararte las ideas sobre qué? Aunque las circunstancias no coincidan con tus planes, espero que no pienses hacer ninguna tontería.

Ella frunció el ceño.

—¿Qué tipo de tontería? No pensarás... ¡yo nunca haría eso!

—Me alegro.

—Esto es lo que yo... —Saffie no terminó la frase—. Quiero a mis hijos, Joao —le dijo, temblando de emoción.

—Lo he entendido, Saffie. Como he entendido lo que has dejado bien claro en la sala de conferencias.

—Estupendo, me alegro de que pensemos igual.

Aunque no era cierto del todo. Ella no sabía lo que Joao pensaba con respecto a los bebés, pero había recibido suficientes sorpresas por un día y estaba agotada. No tenía fuerzas para seguir peleándose con Joao.

A las siete de la mañana sonó un golpecito en la puerta de su habitación y Saffie, intentando permanecer inmóvil para controlar las náuseas, murmuró:

—Pase.

Esperaba al mayordomo o algún otro empleado del hotel, pero, cuando Joao entró en la habitación con una bandeja en la mano, se incorporó y tuvo que llevarse una mano a la boca, rezando para no vomitar allí mismo.

—¿Te encuentras bien?

—Acabo de descubrir que los movimientos bruscos no son buenos para las náuseas matinales.

—Me han dicho que es normal.

Joao se movía por la habitación con su habitual vitalidad mientras ella se sentía como una pálida versión de sí misma.

—¿Qué haces aquí?

Él dejó la bandeja sobre sus rodillas.

—Es recomendable que comas algo antes de levantarte, ¿no?

Saffie miró el platito de galletas saladas.

—Estas galletas se venden exclusivamente en los almacenes Winthrop's de Nueva York.

Lo sabía porque las había comprado para la cesta de Navidad de la empresa el año anterior.

—Así es. He llamado a tu ayudante y ella me ha dicho que estas son las mejores. Las han enviado por mensajería urgente.

—¿Has pedido una caja de galletas por mensajería urgente?

—Varias cajas para la primera fase del embarazo. Las necesitas para sentirte bien —dijo Joao—. No tiene importancia, Saffie.

Para él no, evidentemente. El hombre más rico del mundo solo tenía que chasquear los dedos y cualquier deseo se vería cumplido.

«Y tú estás esperando dos hijos suyos».

Si era sincera consigo misma, su enigmática actitud la había tenido dando vueltas en la cama toda la noche. Porque si había algo que sabía con total certeza era que Joao era implacable cuando quería algo. Y aquello era mucho más que un negocio.

Además, no podía seguir enterrando la cabeza en la arena.

Alargó la mano para tomar la tetera mientras intentaba decidir cómo sacar el tema, pero se quedó helada al ver que Joao la miraba fijamente. Concretamente, su pelo.

–¿Ocurre algo? –le preguntó.

–Nunca te había visto con el pelo suelto –murmuró él, alargando una mano para tocar sus rizos.

–Ah.

El ambiente se volvió tenso, envolviéndolos a los dos en una densa burbuja.

–*E lindo* –dijo Joao.

–Gracias.

Sus pechos se hincharon bajo el camisón de satén y sus pezones se irguieron en reacción a su voz, su aroma, el roce de sus dedos.

Joao tragó saliva mientras hundía la mano en su pelo y, sin darse cuenta, Saffie se inclinó un poco hacia delante, apretando los muslos. Era tan fácil caer bajo su hechizo… pero se apartó de inmediato, tirando de la sábana para cubrir sus pechos.

Temía desmoronarse ante el ardiente brillo de los ojos dorados y tomó la delicada tetera, intentando concentrarse en servir el té.

Cuando Joao se sentó en la cama, Saffie hizo un esfuerzo para no dejarse afectar por su potente masculinidad. Tomó un sorbo de té e intentó pensar en algo que no fuera su inapropiado deseo.

–¿Todo ha ido bien con el equipo de Macao? No habías vuelto cuando me fui a dormir.

Él enarcó una ceja.

–¿Me esperaste?

Ella se puso colorada. Había esperado hasta que el cansancio la venció a última hora.

–Solo porque tenemos que hablar.

–Sí, es verdad. Pero aún no.

–¿Qué quieres decir?

–Come –la animó él, empujando el plato de galletas saladas.

Saffie mordió una galleta y tomó un sorbo de té. Estaba claro que no quería hablar en ese momento, de modo que siguió comiendo, aliviada cuando su estómago no se rebeló.

–Ya he comido. Vamos a hablar –dijo después.

Joao se levantó para acercarse a la ventana, pensativo.

–Supongo que vas a quedarte, ¿no? –le preguntó, sin darse la vuelta.

Saffie frunció el ceño. Quería decir que sí, pero sabía que estaba entrando en terreno peligroso y decidió morderse la lengua.

¿Pero no era ya demasiado tarde? ¿El embarazo no había creado un lazo permanente con él?

–No lo sé.

Joao se dio la vuelta entonces.

–¿Cuándo lo sabrás?

–¿Por qué?

–Porque mi próxima decisión depende de eso.

–¿Qué decisión?

–Nada que no pueda esperar hasta que haya firmado el trato con Lavinia. He pedido a Recursos Humanos que contraten dos ayudantes más para ti. Y, a partir de ahora, un médico personal viajará con nosotros.

–¿Estás intentando que me sienta como una especie de animal exótico?

–¿Qué? ¿De qué estás hablando?

–¿Contratar más ayudantes? La gente pensará que estoy agotada o que tengo algún problema. ¿Y un médico? ¡Eso es como anunciar al mundo que tu ayudante ejecutiva está embarazada y que tú eres el padre!

–Saffie…

–Quiero que este sea un embarazo normal.

–¡Pero es que no lo es! Cuando hayan pasado las primeras doce semanas volveremos a hablar de si vas a quedarte o no. Espero que para entonces hayas tomado una decisión.

Ella abrió la boca para discutir, pero volvió a cerrarla sin decir nada. Sabía que el primer trimestre era el más difícil, con el riesgo más alto cuando se trataba de un embarazo múltiple. Se le encogió el corazón al pensar que pudiese perder a sus hijos. No, no podía ser.

En cuanto al trato con el Grupo Archer, habían trabajado mucho y deseaba con todo su corazón que Joao se saliese con la suya. Tal vez porque tras su revelación sobre Pueblo Oliviera, los sentimientos se habían mezclado con el trabajo sin que pudiese evitarlo.

–Muy bien –respondió por fin.

Él la miró con gesto satisfecho.

–Estupendo. Reúnete conmigo en el estudio cuando estés lista. Quiero hacer una contraoferta a la compañía de Qatar que pretende adquirir Pueblo.

Ella no le recordó que era domingo. De hecho, estaba secretamente encantada porque, aunque aquella nueva parte de su vida parecía lanzada a un precipicio, su trabajo seguía siendo estable.

Media hora después, se reunió con él en el estudio de la suite. Aparte de una discreta mirada de admiración a su elegante vestido de color lila, Joao era de nuevo el serio y decidido magnate.

Eso marcó el tono de la relación durante la siguiente

semana y, cuando Lavinia anunció que su preciada orquídea iba a florecer en cuarenta y ocho horas, Saffie
envió las invitaciones para la fiesta.

Después de todo lo que había hecho para que el
evento fuese inolvidable, era muy satisfactorio que las
confirmaciones de asistencia llegasen inmediatamente. Aquella fiesta iba a ser la comidilla del mundo
de los negocios.

Joao sonrió al conocer sus planes.

—Te has superado a ti misma —le dijo, inclinándose
para rozar su mejilla con un dedo—. Sabía que no me
defraudarías.

Esas palabras la emocionaron de un modo muy
poco sensato, pero no podría evitarlo aunque le fuese
la vida en ello.

—No me des las gracias todavía. Te va a costar un
ojo de la cara.

Siete millones de dólares para ser exactos, una
suma que aún la mareaba, aunque él había estado dispuesto a gastarse hasta veinte millones de dólares
para impresionar a Lavinia porque era esencial tenerla
de su lado.

Joao se encogió de hombros.

—La recompensa merecerá la pena, estoy seguro. Y
todo gracias a ti.

Sus palabras la animaron tanto que sentía como si
estuviera flotando en una nube de felicidad, pero el
domingo por la noche era un manojo de nervios.

Estaba frente a un espejo con marco dorado en su
habitación, mirando el vestido de seda de color crema
que llegaba hasta el suelo. Aunque era demasiado
pronto para que se notase el embarazo, el vestido, que
le había quedado perfecto una semana y media antes,
de repente le parecía demasiado ajustado en el busto
y la cintura. Y el escote era demasiado… llamativo.

Los cristales Swarovski bordados en el corpiño hacían brillar su piel y el maquillaje era perfecto. El peluquero se había deshecho en elogios sobre su pelo. Según él, era un pecado esconderlo en un moño, así que lo había dejado suelto, cayendo sobre un hombro, y debía reconocer que tenía un aspecto muy sexy. Esa noche, las joyas que llevaba eran más modestas. El colgante de diamantes en forma de corazón era precioso, pero elegante y discreto.

Decidida, se dio la vuelta para entrar en el salón y encontró a Joao frente a la ventana, pensativo, con una copa de coñac en la mano.

Al verla, murmuró algo en portugués.

—Si es un cumplido, podrías decirlo en mi idioma para que lo entienda. A menos que estés riéndote de mí, claro.

Él esbozó una sonrisa.

—Era un cumplido, pero pierde fuerza con la traducción, así que tendrás que esforzarte en aprender portugués.

Saffie decidió no contarle que había empezado a hacerlo. Solía escuchar cintas en portugués por las noches con ese propósito y también porque se había dado cuenta de que sus hijos serían medio brasileños y se había prometido a sí misma no fallarles en ningún aspecto como le habían fallado a ella.

—En ese caso, gracias.

—De nada —dijo él, mirando su pelo con una expresión indescifrable—. ¿Nos vamos?

—Sí, claro.

—No pareces muy segura.

—No ha sido fácil organizar la fiesta a toda prisa y me preocupa que haya algún problema de última hora.

Joao hizo un arrogante gesto con la mano.

—No habrá ninguno, no lo permitiré.

Ella estuvo a punto de soltar una carcajada, pero cuando Joao la tomó del brazo se le hizo un nudo en la garganta y tuvo que hacer un esfuerzo para no tropezar mientras iban hacia el ascensor.

Joao la ayudó a subir al Rolls Royce y le abrochó el cinturón de seguridad antes de hacer lo propio con el suyo.

La temperatura era agradable, perfecta para la fiesta, pero estaba nerviosa hasta que veinticinco minutos después llegaron al puente Lupu. Hasta que vio por sí misma los frutos de su trabajo.

No había sido difícil conseguir el permiso para organizar una fiesta privada allí, pero ver los enormes focos azules, la alfombra roja de un lado a otro del puente y las mesas decoradas para los invitados le pareció un gran logro.

Los camareros, ataviados con librea y guantes blancos, atendían a los invitados mientras un cuarteto de cuerda amenizaba el ambiente.

La fiesta para la mujer cuya empresa Joao quería adquirir era perfecta y, cuando llegó la invitada de honor, Saffie contuvo el aliento, pero la expresión de Lavinia al ver miles de luces colgadas sobre el puente era de total asombro.

—Te dije que no debías preocuparte —murmuró Joao, esbozando una devastadora sonrisa.

Saffie seguía intentando recuperarse mientras recorrían la alfombra roja para recibir a Lavinia en el centro del puente y llevarla a la mesa principal, con un fabuloso centro de flores y dos candelabros que habían costado diez mil dólares cada uno.

Los invitados que compartían la mesa, la mayoría ejecutivos del Grupo Archer, saludaron a Joao con reverencia y Lavinia sonrió de oreja a oreja.

–No sabía que pudieras superarte, pero has demostrado que estaba equivocada.

–No eres la única que subestima mi determinación, Lavinia. O mis considerables habilidades –bromeó él–. Pero, como siempre, la responsable de todo esto es Saffron.

La heredera esbozó una sonrisa.

–Estoy empezando a entender que tu ayudante no tiene precio. Ten cuidado, podrías perderla.

Los ojos de color whisky se clavaron en ella.

–No tengo la menor intención de hacerlo.

A Saffie le dio un vuelco el corazón y, aunque se decía a sí misma que era una tontería, tuvo que contener la emoción durante la cena. Por suerte, nadie notó que bebía agua mineral en lugar de Dom Perignon y la conversación fluía de modo agradable. Muchos invitados, políticos, millonarios y estrellas de cine, se acercaron para saludar a Joao, que devolvía los saludos exudando encanto y simpatía.

Saffie se preguntó entonces cómo un chico que había crecido en una *favela* había llegado a la cima. ¿Qué habría sacrificado? ¿Y ese sacrificio seguiría pesándole? Estaba pensando en eso cuando Joao clavó sus ojos en ella.

–¿Ocurre algo?

Saffie se puso colorada.

–No, nada.

Él tomó su mano mientras seguía charlando con los invitados como si fuera lo más normal del mundo, mientras ella tenía que hacer un esfuerzo para respirar.

La cena fue fabulosa, con cada plato despertando murmullos de admiración entre los invitados. Pero la *pièce de résistance* llegó durante el postre, cuando un foco iluminó una figura ataviada con un traje de chaqueta blanco en lo más alto del puente.

Los invitados se quedaron en silencio cuando empezaron a sonar los primeros acordes de un violín. El violinista descendía lentamente por un cable hasta que aterrizó a los pies de Lavinia y clavó una rodilla en el suelo mientras tocaba los últimos acordes de la exquisita pieza.

Luego, mientras los últimos ecos de la música desaparecían en el aire, el emocionado ujier encargado de cuidar de la orquídea Shanzi se acercó a la mesa.

Con los invitados reunidos alrededor del pedestal que sostenía la rara planta, el primer capullo empezó a abrirse lentamente para revelar una fabulosa orquídea de color negro, blanco y morado. El segundo se abrió poco después, regalándoles su belleza y su dulce aroma. Cuando se abrió el último capullo, un aplauso atronador resonó en el puente.

Lavinia se secó los ojos discretamente mientras tomaba su recién florecida orquídea.

—Dios mío, ahora mi fiesta de cumpleaños parecerá mediocre comparada con esta.

—Con un poco de suerte, tendrás una buena razón para hacerla especial —comentó Joao mientras la escoltaba de vuelta a la mesa.

—Tal vez sí —dijo ella crípticamente.

Una hora después, Joao se inclinó hacia Saffie para decirle al oído:

—Ha sido un éxito. Bravo.

Ella esbozó una sonrisa de alivio y satisfacción que iluminó toda su cara.

—Gracias.

—Pero has dejado a todo el mundo boquiabierto y creo que tendré que redoblar esfuerzos para evitar que me dejes.

Saffie abrió la boca para responder, pero la conversación fue interrumpida cuando Lavinia se aclaró la garganta.

—Comí con Pueblo Oliviera hace unos días.

Joao se puso tenso de inmediato.

—¿Ah, sí?

La heredera esbozó una enigmática sonrisa.

—Me ha contado su visión para el Grupo Archer y es… muy interesante.

—¿Sabes que su intención es fragmentar la empresa y venderla por partes mientras te dice que es el mejor colofón para tu legado?

Lavinia torció el gesto.

—No fue tan claro.

—No, seguro que no. Pero eso es precisamente lo que piensa hacer si le das la oportunidad.

Ella tomó un sorbo de champán antes de dejar la copa sobre la mesa.

—Es difícil imaginar toda una vida de trabajo convertida en chatarra.

—Entonces, ¿por qué te niegas a aceptar mi oferta? –le preguntó Joao.

—Porque aún no estoy convencida de que no seas digno hijo de tu padre. Lamento si eso suena cruel, pero querías saber el porqué de mis reservas.

Joao asintió con la cabeza.

—Agradezco tu sinceridad, pero tal vez quieras darme la oportunidad de demostrar que estás equivocada.

Lavinia se echó hacia atrás en la silla, riéndose.

—¿Cómo vas a superar esto? –le preguntó, señalando a su alrededor.

—Muy fácil. Ven conmigo a Brasil.

—He estado en Brasil muchas veces.

—Sí, pero no en «mi» Brasil –replicó él.

Lavinia levantó su copa y tomó un sorbo de champán.

–Después de esta noche, sería emocionante ver qué más puedes sacarte de la manga.

Joao asintió con la cabeza.

–Pero con una condición. Debes darme tu respuesta antes de irte de Brasil. Soy un hombre muy ocupado y tengo otros intereses –le dijo, mirando a Saffie de soslayo–. Intereses que no quiero retrasar mucho más tiempo. ¿Estamos de acuerdo?

Lavinia miró a Saffie y ella supo que estaba leyendo entre líneas y sacando sus propias conclusiones.

–Estamos de acuerdo. Y ahora, por desgracia, debo irme. Aunque me gustaría quedarme, necesito un mínimo de ocho horas de sueño.

Joao besó galantemente su mano y, poco a poco, todos los invitados fueron despidiéndose. Cuando se quedaron solos, el cuarteto de cuerda seguía tocando y el brillo de sus ojos la hacía temblar de arriba abajo.

–Joao...

–Baila conmigo –la interrumpió él.

–¿Qué?

–Tenemos este sitio para nosotros solos hasta medianoche y sería una pena desperdiciarlo, ¿no crees? –insistió él, tomando su mano para levantarla de la silla.

Saffie lo miró con un nudo en la garganta. El deseo la debilitaba, le impedía pensar. Su corazón latía acelerado de emoción al estar de nuevo entre sus fuertes brazos y se dejó llevar por la tentación.

Era una noche mágica, un momento perdido en el tiempo. Dejó que la apretase contra su torso, con una mano en su espalda y la otra enredándose en sus dedos.

Como conjurado por el silencio de la noche, el violinista reapareció y empezó a tocar una seductora melodía.

El cautivador aroma de Joao, el calor de su cuerpo, el poder que exudaba sin el menor esfuerzo...

La mezcla de todo eso era irresistible.

Cuando rozó su frente con los labios, Saffie cerró los ojos y se rindió al hipnótico momento. Y, cuando la apretó contra su torso hasta que sus pezones se levantaron bajo el vestido, lo único que pudo hacer fue esconder la cara en su hombro y soñar por un momento que aquel era su sitio, que no estaba sola en el mundo, con la única promesa de los hijos que crecían en su seno para darle esperanza.

No sabía cuánto tiempo estuvieron bailando, solo que no quería que aquel baile terminase nunca. No quería enfrentarse con la realidad... y la realidad era que estaba experimentando algo más que una descarga hormonal. Estaba adentrándose, o probablemente ya se había adentrado, en el peligroso y poco profesional territorio de unos sentimientos inaceptables por Joao Oliviera.

Su jefe.

Una vocecita de alarma le decía que debía apartarse, pero el roce de los labios de Joao hacía que se derritiese.

—Te deseo, Saffie —murmuró él con voz ronca, produciéndole un estremecimiento que la dejó sin fuerzas—. Solo por esta noche, quiero que seas mía.

«Solo por esta noche».

¿Debía atreverse?

«Sí», fue la respuesta de su corazón.

A pesar de las dudas, Saffie levantó la cabeza para mirarlo a los ojos.

—Entonces, hazme tuya —dijo sencillamente.

Los ojos de Joao se volvieron casi negros, con un minúsculo puntito de color dorado alrededor del iris.

En silencio, tomó su mano para llevarla al Rolls

Royce que los esperaba al otro lado del puente. Joao pulsó el botón que levantaba el cristal separador y, un segundo después, se lanzaron el uno sobre el otro al mismo tiempo, empujados por un deseo incontenible. Él enredó los dedos en su pelo, inclinando la cabeza para apoderarse de su boca, y ella gimió cuando su lengua se abrió paso entre sus labios, entregándose a cada beso, a cada caricia, porque se había dado permiso a sí misma para disfrutarlas.

Joao la saboreaba como si fuese un buen vino y, como el buen vino, se le subió a la cabeza, excitando sus sentidos. Cuando la tomó por la cintura para sentarla sobre sus rodillas, levantando el vestido y empujándola contra su entrepierna, Saffie no disimuló un suspiro de placer.

Con movimientos lentos y deliberados, Joao empujaba sus caderas hacia su rígido miembro.

–Dios –murmuró ella, excitada como nunca.

Él esbozó una perversa sonrisa que le aceleró el corazón mientras acariciaba sus pechos por encima del vestido.

Siguieron acariciándose y besándose hasta que llegaron al hotel y, en unos minutos, entraban en la suite. Joao la llevó a su habitación y, con manos frenéticas, le quitó el vestido.

–Es la primera vez que te veo desnuda con la luz encendida –dijo con voz ronca.

Por alguna razón, eso despertó en ella cierta aprensión, pero se dijo a sí misma que no tenía nada que temer.

Solo sería una noche.

–¿Y bien? –le preguntó, enarcando una ceja.

–Y eres más bella de lo que me había imaginado –respondió Joao, tumbándola delicadamente sobre la cama.

Se desnudó a toda prisa y la cubrió con su cuerpo, besando cada centímetro de su piel hasta que llegó a sus pechos y sopló suavemente sobre los erguidos pezones, haciéndola sentir estremecimientos.

—¿Demasiado sensibles?

Ella asintió con la cabeza.

Joao pasó la lengua por una aréola, mirándola para ver su reacción. Cuando ella suspiró de gozo se metió el pezón en la boca y chupó suavemente.

—Joao... —musitó Saffie, sujetando su cabeza.

—La primera noche me pareciste maravillosa, pero ahora eres... arrebatadora.

Un nuevo gemido escapó de sus labios cuando metió un dedo entre sus piernas para acariciar sin piedad el sensible capullo escondido entre los rizos.

—Joao, necesito... necesito...

—Dime lo que necesitas, querida, y será tuyo.

—Te necesito... dentro de mí. Por favor.

Un temblor sacudió todo su cuerpo cuando se colocó sobre ella, apoyando las dos manos en el colchón. Joao separó sus piernas y, sin dejar de mirarla a los ojos, entró en ella con una poderosa embestida.

Saffie cerró los ojos y él se tragó el grito que escapó de su garganta, devorándola con los labios.

—Mírame.

Ella hizo un esfuerzo para abrir los ojos.

—Joao...

—Enreda las piernas en mi cintura —le ordenó él con voz ronca.

Saffie obedeció y, de inmediato, empezó a moverse con firmes y excitantes embestidas, haciéndola gemir y gritar de placer.

Solo podía ver su hermoso rostro y el oscuro rubor que cubría sus mejillas mientras la hacía suya, pero lo acarició y besó por todas partes, memorizando las sensaciones para revivir la experiencia en el recuerdo.

Con dedos temblorosos, trazó sus pómulos y esa boca que podía crear estragos. Y, cuando él giró la cabeza para besar la palma de su mano, sintió que sus ojos se humedecían.

Era demasiado. Él era demasiado.

Pero no podía parar. No quería hacerlo. Solo quería rendirse, dejarse llevar por aquellos sentimientos.

Cuando por fin llegó a la cima, cuando no había nada que hacer más que lanzarse al precipicio, Saffie le echó los brazos al cuello y se dejó ir.

Tras el salvaje torrente del orgasmo, lo oyó murmurar algo en portugués. Se movía con fiereza, jadeando, la potencia de su propio clímax hizo que un gruñido sordo escapase de su garganta.

Durante varios minutos, los frenéticos jadeos llenaron el silencio de la habitación. Después, Joao se tumbó de espaldas, llevándola con él y apartando el pelo de su frente cubierta de sudor.

Saffie mantuvo los ojos cerrados. Estaba exhausta y adormilada, pero no quería dormirse. No quería perderse un segundo de aquella experiencia.

Cuando él levantó la mano para acariciar su cara, vio la cicatriz en la palma. Sabiendo que estaba entrando en terreno peligroso, pero incapaz de contenerse, tomó su mano y trazó la marca con la punta de un dedo.

−¿Cómo te hiciste esta cicatriz?

Capítulo 7

JOAO se puso tenso. Ese era un tema del que no quería hablar porque no quería compasión, no quería sentirse vulnerable.

Muchas de sus amantes le habían hecho esa misma pregunta, mostrando una falsa preocupación que escondía intenciones menos honestas.

Nunca había respondido, pero Saffie era diferente. En los últimos cuatro años, no había traicionado su confianza ni una sola vez.

Pero aquello era estrictamente personal.

Claro que su semilla crecía en ese momento dentro de su vientre. ¿Podía haber algo más personal? Además, sentía el absurdo deseo de desahogarse.

Deus, ¿qué le estaba pasando?

Joao exhaló un suspiro.

—Te conté que mi madre era drogadicta…

—Sí, lo sé.

—Si quedaba algo de dinero después de comprar drogas, se acordaba de comprar comida para su hijo. Si no lo había… —Joao se encogió de hombros—. Digamos que tuve que cuidar de mí mismo desde que aprendí a hablar.

—Qué horror…

—Sí, lo fue —murmuró Joao.

Se le había hecho un nudo en la garganta y tenía que luchar contra el deseo de hundir la cara en el cuello de Saffie para respirar su aroma.

–¿Y seguías teniendo relación con ella?

–No, mi madre me apartó de su lado cuando cumplí los diez años.

Saffie levantó la cabeza para mirarlo a los ojos.

–¿Te dejó solo a los diez años?

–Como te dejaron a ti –murmuró él, encontrando extrañamente consolador que tuvieran eso en común.

–Pero tú conociste a tus padres. Yo nunca conocí a los míos.

–Tal vez tuviste suerte.

–No lo creo –dijo ella–. Tal vez tu experiencia te parece una tortura, pero no saber de dónde vienes o por qué te abandonaron en un parque, con una nota diciendo que estarías mejor sin tu madre, también es un infierno.

–¿Has intentado localizar a tu madre?

A Saffie se le ensombrecieron los ojos y algo se removió dentro de Joao. No soportaba verla sufrir, se dio cuenta entonces con sorprendente claridad.

–Me gasté el sueldo de un año intentando localizarla, pero no encontré ninguna pista –respondió Saffie–. Y como ella nunca había intentado ponerse en contacto conmigo, pensé que tal vez debía dejar de buscarla.

–¿Y te sientes satisfecha sin saber? ¿Por qué quieres honrar los deseos de una mujer que te dejó abandonada?

–Tiene que ser así. Me dolió, pero no puedo culparla porque no conozco la historia. No sé qué le pasó.

–Qué generoso por tu parte –murmuró Joao, irónico.

–Tal vez, pero tenía que encontrar la forma de hacer las paces con mi pasado. Además, le prometí a mi madre adoptiva que miraría siempre hacia delante, no hacia atrás.

Joao no dijo nada, pero la entendía. Después de todo, también él había tenido que encontrar la forma de olvidar su amargo pasado para salir adelante en la vida. Por un momento, envidió la circunspección de Saffie, su aceptación, el deseo de hacer su vida partiendo de esa experiencia.

Se dio cuenta entonces de que había puesto una mano sobre su abdomen, bajo el que crecían sus hijos, y el instinto de protegerlos se volvió más fuerte que nunca.

—Pero no me has dicho cómo te hiciste esa cicatriz —dijo Saffie entonces, pasando los dedos por la palma de su mano.

—Pasé parte de mi infancia huyendo de las pandillas. En la *favela* o eras un pandillero o estabas contra ellos y te convertías en una víctima. Cuando la situación se volvió desesperada me uní a una pandilla durante unas semanas, pero me negué a vender drogas o robar a los turistas —Joao hizo una pausa, con el corazón acelerado—. A un tipejo en particular no le hacía gracia que me hubiese unido a la pandilla solo para poder comer y decidió darme una lección.

—¿Cortándote la mano? —preguntó Saffie, en voz baja.

—Su intención era cortarme los dedos, pero no tuvo oportunidad de hacerlo.

—¿Quién lo detuvo?

—*Um anjo negro*, si crees en esas cosas.

—¿Un ángel oscuro? —tradujo Saffie.

Joao sonrió.

—Tu portugués está mejorando, querida.

Ella esbozó una sonrisa.

—¿Quién era ese hombre?

—Un médico que trabajaba para una organización benéfica. Me salvó la mano y yo salí corriendo sin darle las gracias, pero después la herida se infectó y cuando fui a buscarlo hizo un trato conmigo. A cambio de limpiar su casa y cuidar de su jardín, él me daría una educación.

—¿Y así es como…?

Joao asintió.

—Me enseñó lo más básico y cuando vio que aprendía muy rápido contrató a un tutor. Pude hacer los exámenes para entrar en la universidad en tiempo récord y, cuando terminé la carrera, él me dio el capital que necesitaba para invertir en mi primer negocio.

—¡Dios mío, eso es asombroso!

Joao quería compartir su alegría. No, quería mucho más y ese deseo heló algo en su interior.

Él no podía necesitar a nadie. De niño, cuando estaba solo y perdido, había rezado muchas veces y sus plegarias nunca habían sido escuchadas. Había aprendido a depender de sí mismo y había tenido éxito.

No había marcha atrás. Nunca más sería vulnerable, de modo que esbozó una sonrisa y se encogió de hombros.

—Como con todo lo demás, pagué un precio muy alto por convertir el fracaso en éxito. El buen médico ha sido pagado cien veces por su generosidad.

Saffie hizo una mueca.

—No puedes creer eso de verdad.

—¿Qué otra cosa voy a creer?

—Que ese hombre vio algo especial en ti, que eras más que un simple proyecto para él. Tal vez solo quería que tuvieras lo que tus padres no quisieron darte.

Ernesto Blanco había sido un negrero, desde luego, pero también había querido descubrir cuáles eran sus esperanzas, sus sueños. Sin embargo, Joao no había querido abrirle su corazón.

¿Para qué iba a hacerlo, para llevarse una nueva

decepción? ¿Para ser descartado y volver a sentirse inútil y despreciable?

—Todo eso fue hace mucho tiempo, ya no importa.

No le parecía buena idea hurgar en sus sentimientos, pero mientras Saffie ponía la cabeza sobre su torso, con una mano sobre su corazón, se preguntó por qué tenía dudas. Por qué de repente había un vacío donde unos minutos antes había habido una inmensa satisfacción.

Sabía la respuesta, pero la rechazó porque Joao Oliviera no necesitaba a nadie. Y, desde luego, no ansiaba sentimientos que eran tan efímeros como la nieve en verano.

Saffie se despertó con una angustiosa sensación. Joao se había levantado una hora antes, pero había fingido dormir porque no quería ver en su expresión el remordimiento que había notado en su voz por la noche. Ya sabía que lamentaba haberle hablado de su pasado.

Se había dicho a sí misma que aquello solo sería por una noche, pero ella sabía que no era verdad.

Había querido disfrutar del contacto físico con él, pero había terminado sintiéndose más cerca que nunca del hombre al que había descubierto; un hombre con la integridad y la fuerza de carácter necesarias para superar todas las adversidades. Y eso la obligaba a admitir lo que su corazón ya sabía: Joao era especial y quería algo más de él.

A Saffie se le aceleró el corazón mientras aceptaba la verdad.

Quería algo más que los hijos que iba a tener con él. Ese anhelo era la razón por la que había aceptado quedarse otros tres meses.

Esa admisión la asustó. ¿Podría disimular sus sentimientos ahora que sabía el peligro al que se enfrentaba? ¿Podría aceptar que Joao nunca sentiría nada por ella y seguir adelante?

Ella sabía que era imposible.

¿Y su promesa de reclamar a los hijos que esperaba?

Un golpecito en la puerta interrumpió sus pensamientos, pero estaba segura de que Joao no llamaría a la puerta de su propia habitación.

El mayordomo entró con una bandeja.

—¿El señor Oliviera está en el hotel? —le preguntó.

—Sí, señorita Everhart. Ha tenido que ir a una reunión, pero la verá en la oficina a la hora del almuerzo. Me ha dicho que se tome su tiempo esta mañana —respondió el hombre con una sonrisa.

No estaba distanciándose, pensó. Era habitual que le diese la mañana libre después de un evento. Aun así, se le detuvo el corazón durante una décima de segundo porque no podía haber enviado un mensaje más claro. Dejarla sola en la cama después de haberse acostado juntos...

Se había entrometido en su vida privada y Joao estaba distanciándose.

Durante la segunda semana en Shanghái, Joao la trataba con fría profesionalidad, salvo cuando estaban fuera de la oficina.

Cada vez que acudían a un evento, Joao aprovechaba cualquier oportunidad para tocarla de una forma o de otra. Apretaba su mano, la tomaba por la cintura, bailaba con ella en todas las galas y cenas benéficas.

Para Saffie era una tortura y cuando llegaron a Sao Paulo siete días después estaba harta.

Bajó del avión a toda prisa, pero se le enganchó el tacón de un zapato en la escalerilla y estuvo a punto de perder el equilibrio.

—¡Cuidado! —Joao la tomó del brazo—. ¿Por qué tanta prisa? Si no te conociese pensaría que estás intentando escapar de mí.

—¡Y tendrías razón!

Joao la ayudó a subir al todoterreno que los llevaría al helipuerto, mirándola especulativamente mientras cerraba la puerta.

—¿Te importaría decirme qué te pasa?

Saffie iba a responder, pero le dio un vuelco el corazón cuando él apartó un mechón de pelo de su cara para colocárselo detrás de la oreja, como si tuviera todo el derecho a hacerlo.

—¿Se puede saber a qué estás jugando? —le preguntó abruptamente.

—Sé más clara con tus preguntas, por favor.

—Cuando estamos en la oficina apenas me diriges la palabra salvo para dar órdenes. Y, sin embargo, cuando estamos con gente no dejas de tocarme. Me tratas como si fuese una mascota y, francamente, estoy harta.

—No sabía que mi roce te resultase tan ofensivo.

No lo era. Naturalmente, no lo dijo en voz alta, pero el esfuerzo de contener esas palabras la hizo temblar y Joao se dio cuenta.

—Tal vez, para evitar discusiones, deberíamos hablar de esto cuando hayamos llegado a nuestro destino —sugirió con frialdad.

—¿Por qué? Soy capaz de mantener una conversación civilizada.

—Pero pareces enfadada y no entiendo por qué.

Saffie iba a responder, pero habían llegado al helipuerto y el piloto estaba esperando, de modo que se mordió la lengua.

Unos minutos después estaban en el aire y tuvo que seguir mordiéndose la lengua hasta que dejaron atrás los rascacielos y las *favelas* de Sao Paulo.

Joao miraba por la ventanilla con expresión seria. A Saffron le habría gustado preguntar si había crecido allí, pero no quería invadir su intimidad solo para satisfacer su curiosidad.

Sin embargo, tal vez él intuyó la pregunta porque de repente negó con la cabeza.

—Una *favela* es igual que otra, son todas iguales, pero el sitio donde crecí está cerca de Río de Janeiro.

Había tal tristeza en su tono que Saffie deseó echarle los brazos al cuello, pero si esas tres últimas semanas le habían enseñado algo era que le gustaba demasiado tocarlo.

Por eso le afectaban tanto sus despreocupadas caricias, por eso intentaba apartarse. O se apartaba o se volvería loca. O peor aún, le suplicaría que no parase.

Cuando dejaron atrás las *favelas* sobrevolaron un paisaje de un verde exuberante, kilómetros y kilómetros de árboles y selva, con la gigantesca silueta de un caballo blanco tallado en la falda de una colina. Era el sello personal de Joao y estaba estampado en todas sus propiedades.

Pasaron sobre inmensos prados con miles de cabezas de ganado y, por fin, llegaron a la fabulosa finca, una enorme residencia con varias casas interconectadas. Saffie vio varias pistas de tenis y no una, sino cuatro piscinas olímpicas rodeadas de jardines.

Cuando bajaron del helicóptero, una suave brisa movía su pelo y Joao levantó una mano para apartarlo de su cara. Docenas de empleados alineados frente a la puerta de la residencia principal esperaban su llegada.

Joao los saludó en portugués y después les presentó a Saffie.

—Estos son los empleados con los que debes preparar la llegada de Lavinia. Si necesitas ayuda extra solo tienes que decírselo al ama de llaves.

Saffie sabía que había setenta y cinco empleados solo para cuidar de la villa y los jardines, de modo que no necesitaría ninguno más.

—¿Todos los empleados viven en la propiedad? —le preguntó mientras entraban en un salón que parecía sacado de las páginas de una revista de decoración.

—Sí, hay varias casas para empleados en la finca. Creo que todo es más fácil de ese modo.

Las bonificaciones de la empresa eran fantásticas, por eso todo el mundo quería trabajar para Joao, pero Saffie empezaba a pensar que era algo más que eso.

—¿Porque es más fácil o porque tú quieres marcar la diferencia en sus vidas? —le preguntó.

Él se quedó inmóvil un momento.

—¿Quieres convertirme en un héroe romántico?

Tras él había un Mondrian original, pero Saffie apenas se fijó porque el hombre que la miraba era una obra maestra de la cabeza a los pies.

—Dijiste que querías demostrarle a tu… a Pueblo que había cometido un error al convertirse en tu enemigo. Pero tú eres mucho más que la opinión que otro hombre tenga sobre ti. Conozco a muchos ricos frívolos y egoístas que van por ahí tirando el dinero, pero no es eso lo que ven los que trabajan para ti. Además, he visto la encuesta de la empresa. ¿Sabes cuántos empleados han dicho que trabajarían para ti aunque les redujeses el salario a la mitad?

Él la miró, sorprendido.

—No sé dónde quieres llegar con eso, pero te aseguro que no soy un caballero andante.

—Que no quieras ese título no significa que no lo seas —murmuró ella.

Joao apartó la mirada. De repente, no podía respirar.

—Tengo que hacer unas llamadas. Y, como parece

que no te agrada demasiado mi presencia, te dejo sola un rato. Me imagino que querrás descansar y explorar un poco la finca.

—No, no me apetece —respondió Saffie.

Joao sabía que debía apartarse, que las emociones que le habían robado la calma desde aquella noche en Shanghái estaban a punto de explotar. Aquella mujer lo afectaba de tal modo que sus pensamientos empezaban y terminaban en ella y la necesidad de tocarla era tan vital como respirar.

Sabía que estaba buscándose problemas, pero siempre encontraba justificación para ello. Apariciones públicas en las que tenía una excusa para tocarla... y apaciguar su temor al pensar que podría marcharse. Como si tocarla fuese todo lo que necesitaba.

La deseaba más que nunca después de esa noche en Shanghái, la deseaba con una fiebre que lo consumía, pero habían llegado a un acuerdo y debía respetarlo.

—¿No quieres ver la finca? ¿Qué te pasa, Saffie?

Ella se encogió de hombros.

—Por tu culpa, todo el mundo parece pensar que nos acostamos juntos.

—Y es verdad, ¿no?

Ella torció el gesto.

—No quiero descansar y no quiero explorar nada hasta que me expliques por qué actúas en público como si fuera algo tuyo.

Como eso era exactamente lo que había estado haciendo, Joao se sintió culpable, pero enseguida encontró una justificación.

—¿Además de dejar claro que no voy a permitir que me roben a mi ayudante?

Saffie tuvo que disimular su decepción.

—No me tomes por tonta. Eso puedes hacerlo con

una simple mirada, como hiciste con Will Ashby en Shanghái.

La tentación de tocarla era irresistible y solo apretando los dientes logró contener el deseo de acariciar la suave piel de su rostro.

Saffie lo miraba a los ojos, exigiendo una respuesta, sin saber que había despertado una llama con una simple mirada. ¿O sí lo sabía?

Se había vuelto indispensable en el trabajo. ¿Estaba haciéndose indispensable también en esa otra parte de su vida en la que nunca dejaba entrar a nadie?

Sabía que debería alejarse y, sin embargo, se encontró respondiendo:

—¿Quieres saber por qué? Estoy intentando entender qué me pasa contigo, Saffie.

—¿A qué te refieres?

—Necesito saber por qué te he contado cosas que no le he contado a nadie más. Por qué tolero tu insubordinación y que te metas en asuntos que no te conciernen. Por qué no dejo de pensar en ti.

Los ojos de Saffie se oscurecieron y vio que le temblaban los labios. Quería explorar esa reacción, pero sabía que estaba al borde del peligro. Desde que confesó que la necesitaba, su mundo se había puesto patas arriba.

—Sigues sin explicar por qué me tocas, Joao.

Él dejó escapar el aliento, impaciente.

—¿Tengo que deletrearlo? Sigo deseándote, pero acordamos que sería una sola noche y no quiero que encuentres excusas para marcharte. Claro que no debes preocuparte. Puede que me haya dejado llevar, pero no volverá a pasar.

—¿Por qué no?

Un recuerdo helado reabrió las heridas que él creía curadas años atrás.

–Porque el deseo lo pone todo en peligro. Mi padre tenía esposa e hijos, pero se dejó llevar por la tentación, por la debilidad, y el resultado es que yo llegué al mundo. Desde que nací intentó humillarme, empequeñecer mi existencia. Nosotros también nos hemos dejado llevar por el deseo y mira dónde estamos.

Saffie quería decirle que estaba equivocado, que él era mejor hombre que su padre, que lo de Shanghái no había sido un error, pero Joao puso un dedo sobre sus labios antes de que pudiese decir nada.

–Tienes razón, tengo que dejar de tocarte –Joao bajó la mano–. Pero no te preocupes, ya no tendrás que volver a soportar mis caricias.

Después de decir eso se dio la vuelta y Saffie se quedó inmóvil, helada, sin saber qué pensar. Así la encontró Rubinho, el mayordomo.

–¿Quiere tomar un refresco en el salón o en su suite? –le preguntó el hombre.

Saffie, angustiada, intentó concentrarse.

–Yo… en mi suite, por favor.

–Permita que la acompañe, señorita.

Ella lo siguió por numerosos pasillos y escaleras. Villa Sábia era magnífica y Saffie admiró la fabulosa arquitectura y las obras de arte que convertían aquella propiedad en una de las más lujosas del mundo. Lujo, elegancia, comodidad. No había un solo mueble u obra de arte que no encumbrase el valor y la belleza de la villa. Ni una sola superficie que no quisiera acariciar o admirar.

Su suite no era una excepción y no le sorprendió que su admiración por la villa se fundiese con sus sentimientos por él. Sabía que sería inútil, pero intentó contrarrestar esas emociones concentrándose en el trabajo.

Una hora más tarde, se obligó a comer algo después de la reunión con los empleados para discutir el menú, los vinos y la lista de invitados para la cena en honor de Lavinia que tendría lugar al día siguiente.

Había llegado oficialmente al final del primer trimestre. Las náuseas habían pasado, pero Joao seguía insistiendo en que un médico los acompañase. El mismo médico que le haría un chequeo y una ecografía por la mañana. Le dio un vuelco el corazón, henchido de un amor imposible de contener.

Todo lo que siempre había querido estaba creciendo en su útero.

«Casi todo».

Y tendría que conformarse con eso porque Joao había dejado bien claro lo que pensaba. La deseaba, pero el riesgo no merecía la pena. Tal vez incluso estaba deseando perderla de vista cuando por fin hubiera firmado el trato con Lavinia.

La agonía que acompañó a ese pensamiento hizo que dejase a un lado la tablet y saliese a la terraza para admirar el jardín. Tras varias filas de árboles vio una de las piscinas brillando bajo el sol de la tarde.

Tenía dos o tres horas libres antes de la cena y, decidida a ocuparse en algo para dejar de pensar, corrió a su suite para ponerse el bañador.

El sujetador del biquini le quedaba un poco estrecho, pero no había tenido tiempo para comprar otro, de modo que tendría que valer.

Echándose un pareo sobre los hombros, tomó las gafas de sol y la crema solar y bajó a la piscina. Quería olvidarse de todo, aunque solo fuera durante unos minutos. Y desearía tener una bola de cristal para ver un futuro donde ella fuese feliz con sus hijos.

Donde la ausencia de Joao no le rompiese el corazón.

Suspirando, nadó un rato, dejando que el agua fresca calmase sus sentidos. Cuando salió de la piscina, había un vaso de zumo sobre la mesa que el mayordomo debía de haber llevado mientras ella estaba nadando. Lo tomó y se sentó en los escalones, con los pies en el agua.

Entonces, como ocurría a menudo en los momentos de reflexión, pensó en los niños que crecían dentro de ella.

«Mellizos».

Doble amor, doble felicidad. Saffie deslizó una mano por su abdomen y una momentánea tristeza la abrumó. Daría lo que fuera por que su madre adoptiva estuviese viva para compartir con ella su felicidad.

Le había escrito una carta durante su última semana de vida; una carta que Saffie conservaba entre las páginas de su diario infantil. Y se sabía cada palabra de memoria.

No le des vueltas al pasado.
Intenta ser feliz.
Nunca te conformes con la soledad.

«Casi lo he conseguido, mamá, pero creo que necesito algo más».

Como si lo hubiera conjurado, Joao apareció de repente.

Ese «algo más» que tanto anhelaba.

—Saffie.

Estaba a un metro de ella, con los ojos clavados en la mano que tenía sobre el abdomen, mirándola con una emoción que no podía descifrar.

—¿Querías algo?

—Sí, quiero algo —respondió él, sin dejar de mirar su mano—. El sol brasileño es muy potente. ¿Te has puesto crema protectora?

Ella tragó saliva, no por la pregunta, sino porque

en todo el tiempo que llevaban juntos nunca había visto a Joao vestido de blanco. Con el pantalón de lino que colgaba de sus caderas y la camisa sin abrochar, destacando su vibrante piel morena, era irresistible. Y todo eso rematado por el pelo algo despeinado, los ojos de color whisky y la sombra de barba. Saffie tenía que hacer un esfuerzo para disimular que estaba completamente abrumada.

—Pensaba nadar un rato antes de…

Él hizo un gesto impaciente antes de tomar el bote de crema solar que había dejado sobre la mesa, entre dos tumbonas. Luego, aunque iba vestido, se sentó en el primer escalón de la piscina y abrió el bote.

—¿Qué haces? —le preguntó ella.

—Ponerte crema para que no te quemes. Retira el pelo, Saffie —le ordenó Joao.

En realidad, ella no quería que se apartase, de modo que irguió la espalda y se levantó el pelo con una mano.

Una mariposa revoloteaba sobre la piscina y oía música de samba en el aire, pero solo podía prestar atención a la poderosa figura que estaba tras ella, al aliento masculino rozando su cuello.

La combinación de la fría crema y los cálidos dedos sobre sus hombros estuvo a punto de hacer que se desmoronase.

Joao pasaba las manos por su espalda, arriba y abajo, arriba y abajo, en un seductor baile que la mareaba de deseo. Cuando encontró la cinta del biquini dejó escapar un gruñido de impaciencia.

—Voy a desatarla —le advirtió, el roce de su aliento le produjo un estremecimiento—. Los empleados son muy discretos, no te verá nadie.

Saffie dejó escapar un gemido que él se tomó por asentimiento y empezó a desabrochar la cinta. Ella sujetó el biquini como pudo, pero la perversa combinación de la húmeda tela y los expertos dedos masculinos hizo que sus pezones se levantasen. Joao contuvo el aliento mientras deslizaba las manos por su cintura y su abdomen.

—*Você é tao bonita* —susurró, casi como para sí mismo.

Pero Saffie lo oyó. Y lo entendió.

—Joao...

Aquello era una locura. No debería dejar que la tocase, pero el roce de sus dedos era tan cautivador que echó la cabeza hacia atrás para apoyarla sobre su hombro.

Joao exhaló ruidosamente y, a toda prisa, volvió a atar la cinta del biquini.

—*Cristo, issso é loucura* —murmuró—. Supongo que puedes terminar de hacerlo tú.

Dejó la mano sobre su cuello durante cinco segundos y luego se apartó abruptamente para salir de la piscina.

—Joao...

—No te quedes aquí mucho rato. He pedido que sirvan la cena a las siete.

Saffie hizo un esfuerzo para permanecer inmóvil porque, si giraba la cabeza para mirarlo, si veía un brillo de deseo en sus ojos, haría lo impensable y le suplicaría que la tomase entre sus brazos, la llevase a su cama y le hiciese el amor.

Varios minutos después seguía excitada, incapaz de liberarse de la tensión que le provocaba Joao.

Pero era más que eso. El problema era su corazón y el imparable anhelo que crecía con cada segundo. Y tenía que encontrar una solución lo antes posible, antes de llegar a un punto sin retorno.

El vestido que eligió para la cena era sencillo, pero

elegante, con un hombro al descubierto. El suave algodón acentuaba la dulce curva de su estómago y Joao la miró fijamente cuando entró en el comedor.

—¿No te has quemado?

—Claro que no —respondió ella.

Como de mutuo acuerdo, hablaron de trabajo para no hablar de la escena de la piscina.

—¿Crees que a Lavinia le gustará el partido de fútbol?

—Mis equipos están en las primeras ligas nacionales e internacionales —respondió Joao, con su arrogancia habitual.

Después de comprar el primer equipo, Clube de Magdalena Santina, se había gastado millones en contratar a los mejores jugadores del mundo y a partir de entonces habían ganado innumerables trofeos, el más importante colocado sobre la chimenea de la villa de Joao en Río de Janeiro.

—¿Y el equipo contra el que van a jugar mañana?

—Está por debajo de nosotros en el campeonato. Donde tiene que estar —respondió él, satisfecho.

—Es el equipo de Pueblo Oliviera, ¿no?

—Sí.

—¿Él vendrá mañana para ver el partido?

—Me imagino que sí.

—Tú sabías que vendría, por eso querías traer a Lavinia.

Joao se encogió de hombros.

—Debe tomar una decisión de una vez por todas —respondió—. Me imagino que todo está preparado.

—Por supuesto.

Joao levantó su copa, mirándola a los ojos.

—Estupendo. Brindemos por que tu trabajo dé el resultado que esperamos.

Capítulo 8

EL DOMINGO amaneció con un cielo brillante y sin nubes. Saffie se había aprovechado de la enorme cama en el jet privado de Joao y los efectos del *jet lag* eran mínimos, de modo que estaba descansada mientras se vestía para desayunar.

Carlotta, la sonriente ama de llaves, la esperaba al pie de la escalera para llevarla por una serie de pasillos hasta un patio, frente a otra de las piscinas.

Joao estaba sentado, leyendo un periódico local, pero lo dejó sobre la mesa cuando la vio llegar.

–*Bom dia*. ¿Has dormido bien?

–*Sim. Obrigada*.

Él esbozó una sonrisa de innegable satisfacción.

–Estás mejorando mucho. Pronto hablarás portugués tan bien como yo.

–Tú eres demasiado competitivo como para darme ventaja –bromeó ella.

Una sombra pasó por el rostro de Joao, pero no dijo nada y, cuando volvió a tomar el periódico, Saffie se preguntó qué había dicho para provocar esa reacción.

Casi había terminado de desayunar cuando Carlotta salió a la terraza.

–*Senhor*, ha llegado el médico. Lo hemos instalado en la suite redonda, como nos había pedido.

Joao le dio las gracias mientras se levantaba de la silla.

—¿Vamos?

Saffie permaneció sentada.

—¿Ha ocurrido algo? Estás de un humor extraño.

—¿Ah, sí?

—Si es por lo que pasó ayer en la piscina…

—Eso fue un error —la interrumpió él—. Pero tal vez haya precipitado la necesidad de algunos cambios.

—¿Qué clase de cambios?

—Unos cambios de los que hablaremos cuando haya cerrado el trato con Lavinia. Unos cambios que podrían significar que me quede en Brasil.

¿Pensaba quedarse en Brasil sin ella?

Saffie palideció.

—¿Qué estás diciendo?

—Vamos, el médico está esperando —respondió él, colocándose detrás de la silla y urgiéndola a ponerse en movimiento.

La suite «redonda» era, efectivamente, una suite circular con una vista espectacular de los jardines y maravillosos murales en el techo. El médico brasileño que viajaba con ellos los saludó mientras preparaba el ecógrafo y, unos minutos después, el sonido de dos corazones llenó la habitación.

Antes de irse de Shanghái, Joao había comprado el ecógrafo más sofisticado del mercado, con imágenes en 3D de sus bebés.

—La gráfica de crecimiento es perfecta. Los dos bebés están perfectamente —dijo el médico.

Joao miraba la pantalla como transfigurado.

«Está afectado», pensó Saffie. «Y no es solo por reclamar algo que considera suyo».

Su corazón aleteó entonces por una razón completamente diferente. ¿Debía hacerse ilusiones? ¿Podía arriesgarse a decirle que estaba pensando en quedarse más de tres meses?

—Aunque aún es pronto, estoy casi seguro del sexo de los bebés… si alguno de los dos desea saberlo.

—Están sanos, eso es lo único que importa —respondió Joao.

—Yo sí quiero saberlo. No puedo soportar el suspense —dijo Saffie.

El médico sonrió.

—Según parece, está esperando dos niños.

En el rostro de Joao vio una emoción que no pudo disimular. Vio que iba a tomar su mano, pero enseguida pareció arrepentirse.

Y así, de repente, sus esperanzas se convirtieron en polvo.

Saffie clavó la mirada en el médico durante el resto del chequeo y respiró aliviada cuando terminó.

La llegada de Lavinia evitó que siguieran hablando de los bebés y Saffie no sabía si se alegraba o no. La heredera, tan alegre y dispuesta como siempre, exigió que le enseñasen la finca. Durante la excursión, en un carrito de golf con aire acondicionado, iba haciéndole preguntas a Joao, tanteándolo sutilmente para conocer sus valores y sus intenciones.

Y, mientras lo escuchaba esquivar las preguntas con una mezcla de destreza, encanto e inteligencia, Saffie se dio cuenta de algo.

Joao estaba empeñado en una batalla con su padre y amargado por su terrible infancia, pero ayudaba generosamente a los más necesitados y cuidaba de la gente que trabajaba para él. Podría haberse vuelto un hombre egoísta, pero era todo lo contrario. Creaba puestos de trabajo para miles de personas, invertía en empresas sostenibles que eran la envidia de otros empresarios y el orgullo por el legado que iba a dejar atrás latía en su voz cada vez que hablaba de su país.

Saffie sabía que era un hombre íntegro desde el día que empezó a trabajar para él.

Cuando el helicóptero aterrizó en medio del estadio de fútbol, con ciento veinte mil fans gritando el nombre de Joao, Saffie supo que aquello era inevitable, que ya había pasado.

Estaba enamorada de Joao Oliviera.

Esa tremenda admisión la aterraba y emocionaba al mismo tiempo y se llevó una mano al corazón, como si así pudiera controlar sus locos latidos.

—¿Qué ocurre? —le preguntó él.

Mientras saludaba a los jugadores y se los presentaba a Lavinia, seguía pendiente de ella.

—Nada, estoy bien. Es que hay tanta gente… todo esto es un poco abrumador.

—Ven, vamos a un sitio más discreto —dijo Joao, tomándola del brazo y ofreciéndole el otro a Lavinia para llevarlas al palco privado, con veinticinco suntuosos asientos de piel, el mejor champán francés, ostras, caviar y exquisitos canapés para saciar el apetito.

Después de saludar al alcalde y a varios dignatarios, Saffie se sentó para ver el partido, pero no dejaba de mirar a Joao de soslayo, preguntándose cuándo había pasado, en qué momento había decidido arriesgarlo todo enamorándose de su jefe.

¿Y qué importaba?

Esa era la realidad, su corazón le pertenecía.

La cuestión era si él lo querría alguna vez o la promesa de distanciarse era el principio de un abismo insalvable entre ellos.

Saffie sabía que tarde o temprano tendrían que separarse, que el pecado de enamorarse de un hombre inalcanzable podría ser una catástrofe para ella.

Alguien se aclaró la garganta a su lado y ella giró la cabeza. Era un hombre de mediana edad, con unos ojos sorprendentemente amables e inteligentes.

—Creo que no nos han presentado. Soy Ernesto Blanco.

—El mentor de Joao —dijo Saffie, sorprendida.

El hombre le ofreció su mano.

—No sé qué me sorprende más, que me conozca o que Joao haya usado esa palabra para describir nuestra relación.

En realidad, Joao no había usado ese término, pero evidentemente eso era lo que había sido.

—Soy Saffron Everhart.

—Ah, la ayudante que vale su peso en oro.

—Ahora es mi turno de sorprenderme.

—¿Porque no cree serlo?

Saffie esbozó una sonrisa.

—No, no es eso. Porque me conoce, pero yo no sabía nada de usted hasta… hace poco.

Ernesto señaló a Joao.

—Ah, pero el hombre que los dos conocemos es así, un maestro separando las dos partes de su vida. Aunque tal vez no por mucho más tiempo.

—No sé a qué se refiere.

—Pronto lo sabrá —dijo él, esbozando una críptica sonrisa mientras se levantaba para estrechar la mano de Joao.

Se saludaron con la seriedad y la discreción típicas de los hombres, pero en los ojos de Ernesto había orgullo y afecto.

A Saffie se le encogió el corazón.

Si Joao no había aceptado el cariño de la figura paterna que lo había salvado de un futuro terrible en la *favela*, ¿qué esperanzas había de que aceptase el suyo?

Cuando Ernesto se apartó, los hipnóticos ojos de

Joao se clavaron en ella, haciéndola sentir viva, alerta… e increíblemente necesitada de una conexión emocional.

En ese momento no quería pensar que un día dejaría de verlo. Pero, igual que había aceptado el diagnóstico de la enfermedad de su madre adoptiva, tenía que aceptar que el amor que había crecido tontamente en su corazón podría no ser correspondido.

Aunque pensar eso amenazaba con partirle el corazón por la mitad.

—Estás pálida, Saffie —dijo él, colocándose a su lado—. ¿No te encuentras bien?

—Estoy bien, pero tenemos que hablar. Y prefiero que sea lo antes posible.

—¿Alguna razón en particular para tanta urgencia?

«Sí, que estoy arriesgando mi corazón».

—Llámame optimista, pero creo que tienes el trato con Lavinia en el bolsillo, así que ya puedo marcharme.

Él la miró con una expresión indescifrable.

—Si eso es lo que quieres… hablaremos más tarde.

—Muy bien.

Desde el pitido que dio comienzo al partido, el equipo de Joao jugó con una enorme superioridad. Mientras Ernesto le explicaba las intrincadas reglas a Lavinia, Joao era libre para disfrutar del juego que tanto le gustaba… algo que no parecía complacer a un hombre que se hallaba en el palco contiguo y que no dejaba de mirarlo con el ceño fruncido.

Saffie lo miró con atención y, por el parecido, se dio cuenta de que era Pueblo Oliviera.

—Es tu padre, ¿verdad?

Joao miró al hombre con expresión helada.

—El donante de esperma. No merece el título de padre.

Cuando terminó el partido, Lavinia se volvió hacia Joao con una sonrisa en los labios.

–Ha sido genial. Ahora entiendo que a tanta gente le guste el fútbol. Muy interesante.

Unos minutos después, Pueblo Oliviera entró en el palco sin haber sido invitado. Era un hombre de unos sesenta años, con el pelo canoso y un enorme parecido con Joao. Se acercó a Lavinia ignorando descaradamente a su hijo. Intentaba congraciarse con la heredera, pero Lavinia solo buscaba la atención de Joao, pidiéndole su opinión sobre el partido, el vino de la región y sus planes para la línea de cruceros Archer, la empresa en la que ella había puesto su sello personal.

–Permanecerá intacta –respondió él–. Yo tengo mi propia línea de cruceros, pero estoy dispuesto a rebautizarla como Cruceros Archer-Oliviera.

–¿Harías eso? –exclamó Lavinia.

–Te doy mi palabra. Y mi palabra, al contrario que la de otros, tiene valor.

Pueblo lo fulminó con la mirada.

–Sugiero que espere hasta que esté firmado, señora Archer.

–Su hijo, señor Oliviera, tiene una reputación impecable. Siempre cumple su palabra –intervino Saffie sin poder evitarlo.

–Veo que hay otra mujer dispuesta a salir en tu defensa –dijo Pueblo entonces, dirigiéndose a su hijo por primera vez–. Pensé que la última había sido tu patética madre.

Saffie se quedó sin aliento, pero Joao respondió tranquilamente:

–Los dos sabemos que necesitaba dinero para comprar droga. La cuestión es quién es más deplorable, una pobre mujer adicta a las drogas o el hombre que explotó esa adicción a cambio de sexo.

Pueblo dio un paso adelante con expresión amenazadora. Parecía a punto de decir algo, pero estaba tan furioso que no era capaz de articular palabra.

—¿Qué quieres decirme exactamente? —le espetó Joao, con tono de desafío—. ¿Que no valgo nada, que nunca llegaré a nada en la vida? ¿O que, aunque he demostrado que estabas equivocado, sigues creyendo que puedes ganarme en algo?

Su padre soltó una risita desdeñosa.

—¿De verdad crees que eres mejor que yo?

Joao señaló a su alrededor.

—Mis logros hablan por sí mismos.

O Pueblo Oliviera era tan estúpido que no sabía que su hijo estaba muy por encima de él, o el orgullo le impedía admitirlo. Saffie sospechaba que era esto último.

—Yo era un ganador mucho antes de que tú nacieras.

—Pero aún no has aprendido la lección, lo que marca la diferencia entre el éxito a largo plazo y la gratificación inmediata. Yo veo lo que quiero, lo consigo y lo mantengo mientras que tú… destrozas todo lo que tocas sin entender nunca lo que vale.

Rojo de ira, Pueblo se dio media vuelta y salió del palco seguido de su pequeño séquito.

Aunque Joao intentaba disimular, Saffie notaba su angustia. Incapaz de controlar el deseo de consolarlo, puso una mano en su brazo, pero él dio un respingo.

La confrontación con Pueblo era inevitable, pero había subestimado el poder de ese hombre para inquietarlo. O tal vez estaba inquieto porque no había sido capaz de recuperar el equilibrio desde que Saffie anunció que tenía intención de marcharse.

O tal vez la respuesta estaba en unas facciones tan parecidas a las suyas que, por un momento, se había preguntado qué más habría heredado de aquel hombre.

¿Se engañaba a sí mismo al pensar que era mejor que Pueblo Oliviera? ¿Estaría programado para repetir la historia y arruinar la relación con sus hijos incluso antes de que nacieran?

Joao tragó saliva, experimentando un terror que no era capaz de contener.

«Tú eres mucho más que la opinión de otro hombre sobre ti».

Quería agarrarse a las palabras de Saffie, pero... ¿podía hacerlo?

Había demostrado que sabía ganar dinero con admirable inteligencia. ¿Pero y en otros aspectos de la vida? Desde luego, no tenía experiencia en el campo de las emociones. Nunca había dejado que nadie se acercase tanto como para ponerse a prueba.

«Pero ahora tienes la oportunidad de hacerlo».

Miró el redondeado abdomen de Saffie, pensando en los mellizos que crecían en su seno. Seguía sin saber si ella iba a darle una oportunidad, pero quería luchar por sus hijos y apretó los dientes, decidido.

Saffie vio esa expresión de anhelo antes de que volviese a colocarse la máscara. El día anterior había admitido que la deseaba.

¿No podían empezar desde ahí? ¿Con el tiempo podría demostrarle que, aunque su relación estaba basada en la atracción física, podría haber algo más, que ellos podrían ser algo más?

Joao se volvió hacia Lavinia.

—Disculpa la interrupción.

La mujer sacudió la cabeza.

—No te disculpes, lo entiendo. Tampoco mis hijos están a mi lado en este momento. La familia es... complicada.

La tensión desapareció y Lavinia, después de charlar unos minutos con Ernesto, se volvió hacia Joao.

–Creo que hay otro proyecto tuyo que debo ver.

Frunciendo el ceño, Joao habló en portugués con Ernesto y, esbozando una sonrisa, el hombre se encogió de hombros.

–¿Qué ocurre? –preguntó Saffie.

–Ernesto insiste en meter las narices donde no debe.

–No quiero otra cena de gala en mi honor –dijo Lavinia–. Muéstrame ese proyecto y te daré mi respuesta por la mañana.

–Esto no tiene nada que ver con las negociaciones.

–Pero tiene que ver con quién eres, Joao –intervino Ernesto con discreta insistencia.

Ernesto lo conocía bien, pensó Saffie, y había tenido la fuerza de voluntad necesaria para fomentar una abrumadora personalidad como la de Joao durante sus años de formación.

Él no respondió inmediatamente y, por primera vez, Saffie vio un brillo de vulnerabilidad en sus ojos.

–¿De qué estáis hablando? –le preguntó.

Él apartó la mirada y tuvo la sensación de que estaba escondiéndose de ella, protegiéndose.

–Parece que debo soportar un último reto –respondió con voz ronca.

Salieron del estadio como habían llegado, en el helicóptero de Joao, pero con un invitado inesperado, Ernesto, y un silencio que nadie se atrevía a romper.

Volaron hacia el Norte, hacia las afueras de Sao Paulo, y aterrizaron en un parque, frente a unos bloques de viviendas recién construidos.

Saffie conocía todos los proyectos de la empresa, pero no sabía nada sobre esos bloques de viviendas.

–¿Dónde estamos? –le preguntó, mientras la ayudaba a bajar del helicóptero.

Ernesto sonrió.

—En *Cidade* Joao.

—¿Ciudad de Joao?

—Nadie la llama así —intervino él, molesto.

—Salvo todos los que viven en ella —insistió Ernesto.

Saffie contó hasta treinta bloques de viviendas, rodeados de camiones y grúas que estaban levantando más edificios. Eran unos apartamentos por los que se pagarían cientos de miles de libras en Londres.

—¿Tú has construido esto? —le preguntó Saffie, incrédula.

—Ha construido y sigue construyendo docenas de bloques que regala a familias de las *favelas* por todo Brasil cada mes de diciembre —respondió Ernesto, sin poder disimular su orgullo.

Ella lo miró, boquiabierta.

—¿Es verdad?

—Es extraordinario —dijo Lavinia—. Sencillamente extraordinario.

Joao no dijo nada y cuando entraron en uno de los apartamentos se dirigió a la ventana para mirar el patio, pensativo.

—¿Desde cuándo haces esto? —le preguntó Saffie.

Él giró la cabeza para mirarla.

—Empecé el proceso hace ocho años, pero tardé otros dos en empezar a construir debido a los problemas burocráticos. La primera fase terminó ocho meses después de eso.

—¿Llevas años realojando a familias y yo no sabía nada?

Para ser un hombre que no quería tener hijos y no creía en las familias, aquello era sorprendente. De nuevo, la esperanza empezó a abrirse paso en su corazón y tal vez se le notaba en la cara porque Joao dio un paso hacia ella.

–Saffie…

Fueron interrumpidos por un alboroto frente a la puerta. Una mujer embarazada con un niño de la mano se dirigía a Joao con lágrimas en los ojos. No hacía falta un traductor para saber que estaba dándole las gracias por cambiar su vida. Él recibió la efusiva gratitud con seriedad, pero esbozó una sonrisa cuando el niño soltó la mano de su madre y se acercó para decir solemnemente:

–*Obrigado, senhor* Oliviera.

Saffie parpadeó para contener las lágrimas. Por alguna razón, Joao había querido ocultar ese proyecto. No entendía por qué, aunque podía imaginárselo. En el fondo, Joao Oliviera quería reescribir su propia historia, darles a esas familias y a esos niños lo que a él le había sido cruelmente negado.

Quería sacudirlo, decirle que hacer eso no era una debilidad, pero una mirada a su serio perfil le advirtió que no dijese nada por el momento.

Lavinia se marchó una hora después, pero no sin antes anunciar su intención de venderle el Grupo Archer.

La respuesta de Joao fue curiosamente solemne. El anuncio formal se haría el lunes por la mañana y Saffie envió un comunicado a las oficinas de Londres y Nueva York. Ahora, dos horas después de volver de *Cidade* Joao, con el sol poniéndose tras el horizonte, paseaba por la terraza de la finca con el corazón acelerado de miedo y de esperanza.

Tras ella, sobre la mesa, había una botella de champán Krug en un cubo de hielo, pero aquello era más que una celebración para ella.

Era el momento más importante de su vida porque iba a confesarle sus sentimientos a Joao.

—Me has ayudado a cerrar el trato con Lavinia, pero pareces tan inquieta como si hubiéramos fracasado.

Joao estaba en la puerta de la terraza, con una caja de terciopelo negro en la mano.

—¿Qué es eso?

—Lo verás enseguida —respondió él, tomando la botella de champán—. Es una pena que no puedas beber.

—Pero tú sí puedes. Has cerrado el trato de tu vida y he pensado que uno de los dos debía celebrarlo.

Joao apretó los labios mientras descorchaba la botella y llenaba dos copas. Después, volvió a meterla en el cubo de hielo y le ofreció la caja de terciopelo.

—Esto es para ti.

—Me lo imaginaba, pero no lo quiero.

—No sabes lo que es.

—Otra joya carísima que me ofreces con algún motivo oculto solo por hacer mi trabajo.

Joao abrió la cajita y, a pesar de sus reservas, Saffie se quedó helada. Diamantes amarillos... demasiados para contarlos. Seguramente, la joyería Harry Winston se había quedado sin suministros después de hacer ese collar con pendientes y pulsera a juego.

—¿Por qué haces esto? —le preguntó, tragando saliva.

—Me gusta recompensarte.

—No tienes que comprarme, Joao. Yo... —Saffie no terminó la frase—. ¿Por qué no me habías contado nada sobre ese proyecto de viviendas?

Joao cerró la cajita y la tiró sobre la mesa como si no valiese nada.

—Porque solo es asunto mío. No hay nada extraordinario en construir casas para la gente que lo necesita.

—No menosprecies tus logros, especialmente uno

que significa tanto para ti. Aquí es donde vienes el día de Navidad, ¿verdad?

–Cuidado, Saffie, estás a punto de decir que soy Santa Claus.

–Aunque tú no te veas como un caballero andante, lo eres para esas personas.

–Ya estás poniéndote romántica otra vez. No soy el hombre que tú crees, Saffie.

–Sé que te gustaría que alguien hubiera hecho eso por ti, que si hubieras tenido un hogar tu infancia no habría sido…

–¿Horrible, terrorífica? ¿Para qué desear algo que no puede cambiarse? El pasado no se puede cambiar.

–Pero tú estás cambiando el presente y el futuro de esas personas. Lo que no entiendo es por qué quieres ocultarlo.

–Hay una diferencia entre mantener algo en privado y ocultarlo.

–¿Pero por qué?

–¿Por qué no le cuento a todo el mundo que soy el hijo de una prostituta, que mi propio padre no quiso saber nada de mí?

–Joao…

–Ya está bien, Saffie. ¿Sigues pensando en marcharte?

Ella iba a decir que no, pero se detuvo en el último momento.

–Eso depende.

–¿Vas a darme un ultimátum?

–No es un ultimátum. Es solo que… quiero saber dónde estoy.

–Estás donde has estado siempre, siendo mi mano derecha.

–No me refiero al trabajo, sino a… esto que hay entre nosotros. A nuestros hijos. Sé que tú quieres hacerte responsable, pero… –Saffie se pasó la lengua por los labios resecos–. ¿Dónde quedo yo en todo esto?

–¿Qué estás pidiéndome exactamente?

–Tú sabes lo que estoy pidiendo. Me refiero a un compromiso de verdad.

Joao se quedó inmóvil, helado.

–¿Uno con corazoncitos y rosas, tal vez? Siento decepcionarte, pero eso es imposible.

–¿Por qué? –le preguntó ella, con el corazón en la garganta.

–Porque no quiero que ninguno de los dos se engañe a sí mismo con falsas emociones. Ahora te pregunto de nuevo, ¿vas a marcharte?

El corazón de Saffie se rompió en mil pedazos. Aunque lo único que quería era derrumbarse, tenía que ser firme por última vez.

–Sí, me marcho. El trato con el Grupo Archer está cerrado, así que puedo irme.

Joao la miró durante unos segundos, en silencio, y luego sacó un documento del bolsillo del pantalón.

–He pedido a mis abogados que redacten un acuerdo.

–¿Por qué?

–Porque tengo intereses que proteger. Léelo y luego ve a mi estudio.

Joao dejó el documento junto a la caja de terciopelo y entró en la casa, dejando el champán sin tocar sobre la mesa, tan desinflado como el corazón de Saffie.

Capítulo 9

¿STO es una broma? —le espetó Saffie, entrando en tromba en el estudio, con la voz temblando como una hoja en medio de un huracán.

Joao estaba mirando por la ventana y cuando por fin se dignó a darse la vuelta su expresión le dijo todo lo que tenía que saber.

—Es un simple documento legal.

Saffie sacudió el papel con manos temblorosas.

—Pero dice que tú… que quieres la custodia de mis hijos.

—También son mis hijos, Saffie.

—Y está fechado el día que me hice la primera ecografía.

—Tú sabes que yo no pierdo el tiempo cuando quiero algo.

—Entonces, lo que me has preguntado antes… ¿estabas poniéndome a prueba?

—Son mis hijos, Saffie. Solo estoy reclamando lo que es mío.

—Deja de decir eso. ¡No son tuyos, son de los dos!

Él negó con la cabeza.

—No lo son si piensas privarme de ellos.

Saffie intentó hablar, pero las palabras no salían de su garganta.

—Por favor, explícame qué está pasando —dijo por fin—. Hace unas semanas ridiculizaste mi intención de tener hijos y ahora haces esto.

—La realidad me ha aportado una perspectiva diferente.

—¿Qué es esto para ti, un juguete nuevo? —exclamó Saffie—. ¿Un juguete que quieres quitarme?

—Prefiero que no lleguemos a eso.

—Pero eso es lo que quieres, ¿no? ¿Por qué, Joao?

—Solo quiero retener lo que es mío. Nunca firmaré un acuerdo para que te lleves a mis hijos, Saffie.

—Dios mío. Y pensar que te he defendido contra tu padre…

—No deberías haberlo hecho. Tal vez me parezco más a él de lo que creía. Veo algo que quiero y lo consigo como sea, sin pensar en las consecuencias. ¿Te suena familiar?

Saffie vio un brillo de duda en sus ojos, como si de verdad creyera eso sobre sí mismo.

—Los dos sabemos que eso no es verdad y es demasiado tarde para esconderte tras la sombra de tu padre. Tú eres tu propia persona desde hace mucho tiempo, Joao.

—Tal vez, pero el ADN habla por sí mismo —replicó él, sin expresión.

—¿Eso es lo que piensas enseñarles a tus hijos, que su destino depende solo del ADN de su padre y su abuelo?

Joao apretó la mandíbula con tal fuerza que pensó que iba a romperse.

—El nombre de Pueblo Oliviera nunca saldrá de mis labios.

—No sé si esto es una reacción por el encuentro con tu padre o… —Saffie no terminó la frase—. Estás dejando que eso te afecte, pero no voy a firmar el documento.

—Entonces, tendrás que buscarte un abogado.

Ella lo miró, consternada.

—¿Por qué haces esto? ¿Qué pasó en Shanghái? ¿Qué han significado estas semanas?

Joao frunció el ceño.

—*Do que você está falando?*

—Tú sabes muy bien de qué estoy hablando. El sexo, las muestras de afecto en público. ¿Estabas engañándome para esto... para quitarme a mis hijos?

Joao se dejó caer sobre el sillón, dueño de sus dominios. Pero ella no era suya, no era su dueño. Y tampoco sería el dueño de sus hijos.

Ella era responsable de esas preciosas vidas, unas vidas que Joao quería controlar, que quería arrebatarle.

—No será así si lo hablamos con tranquilidad —respondió él, confirmando todos sus miedos.

—¿Quieres que hablemos con tranquilidad? ¡Entonces destruye ese documento!

—Cálmate, Saffie.

—¡No te atrevas a usar ese tono conmigo cuando llevas semanas planeando esto! Destruye el documento, Joao.

—¿Te quedarás si lo hago?

—No.

El brillo de sus ojos le decía a Saffie que él no iba a cambiar de opinión.

—Entonces, no tenemos nada más que hablar.

Acongojada, Saffie rompió el documento y tiró los pedacitos sobre el escritorio mientras rezaba para controlar las lágrimas.

—Que seas feliz, Joao.

Aquella era la madre de todas las fiestas. O eso le decía todo el mundo.

Su mansión, en la exclusiva península de Saint-

Jean de Cap Ferrat, estaba iluminada por miles de luces y había música y risas por todas partes. Atracado en la bahía, su lujoso yate se había convertido en una pista de baile para otro grupo de invitados. La fiesta había sido preparada con todo detalle por la ayudante ejecutiva que ya no trabajaba para él.

Joao experimentó una oleada de irritación que de inmediato intentó controlar, pero sentía la pérdida de Saffie como nunca había sentido nada en toda su vida y ese pesar se había convertido en un compañero constante.

Se había ido tres largas semanas atrás, pero parecía estar allí mirase donde mirase, retándolo, desafiándolo.

Miró el coñac en su vaso. Saffie había convencido a una destilería francesa para que lo produjese exclusivamente para él. Demonios, ya no podía beber, comer o dormir sin recordar todos sus logros, su absoluta perfección.

Tras él, dignatarios y celebridades bebían y bailaban como si no hubiera un mañana mientras el dolor que él sentía era una agonía interminable.

Se pasó una mano por el pelo y notó que le temblaba ligeramente. Pero no podía derrumbarse delante de todo el mundo.

Había conseguido el mayor logro de su vida, pero le había dejado un regusto amargo en la boca. Cómo había logrado dar una conferencia de prensa con Lavinia no lo sabría nunca, pero había confirmado que protegería su legado mientras el colosal error que había cometido con el suyo propio se reía de él sin piedad.

Mientras la mujer que lo conocía mejor de lo que él se conocía a sí mismo había desaparecido de su vida con una habilidad que casi tenía que admirar.

Por fin, sus investigadores la habían localizado en una isla privada del Caribe, accesible solo por invitación. Y, por supuesto, él no había sido invitado. Saffie había rechazado la mansión en la costa de Amalfi, le había devuelto las joyas y se negaba a responder a sus llamadas.

Solo la había visto en fotos tomadas con teleobjetivo, en la playa, con una mano sobre la curva de su abdomen bajo el que crecían sus hijos.

Los hijos que el encuentro con su padre le había empujado a reclamar de modo visceral, pero totalmente equivocado. Después de su tóxico encuentro con Pueblo había querido hacerse cargo de sus hijos para no repetir la historia. Salvo que lo había hecho todo mal.

Joao experimentó una angustia que no había podido sacudirse desde que Saffie se marchó. ¿Tenía derecho a llamarlos sus hijos después de lo que había hecho?

Había creído que podría seguir adelante como si nada hubiera pasado, pero estaba malhumorado a todas horas. Sus empleados se acobardaban cuando lo veían llegar, su nueva ayudante lo irritaba por el simple hecho de no ser Saffie.

A medianoche, cuando el silencio de la oficina se volvía opresivo, ninguna de sus residencias le parecía un hogar.

No lo era sin Saffie.

Joao apretó los puños. Incluso recordar su nombre lo volvía loco.

Ella le había abierto su corazón, le había contado cuál era su más preciado anhelo. Un anhelo que él compartía, pero que no había querido admitir.

Y ahora era demasiado tarde.

Oyó pasos tras él, pero no se dio la vuelta.

–¿*Monsieur* Oliviera? Sus invitados le esperan en la terraza para empezar con los fuegos artificiales.

Joao apretó los puños con tal fuerza que se hizo daño. Pero ese dolor no podía compararse con el que sentía en el corazón. Y no podía seguir así, ya no.

–Dígales que tengo cosas mejores que hacer, que sigan entreteniéndose solos.

–¿*Monsieur*?

–Y llame a mi piloto. Dígale que quiero irme de aquí inmediatamente.

Podría ser demasiado tarde, pero necesitaba que ella se lo dijese a la cara.

Saffie soltó el periódico que hablaba del éxito del fabuloso, brillante y magnífico Joao Oliviera. Había una docena de superlativos más.

No debería haberse dejado llevar por la tentación de ver su rostro de nuevo porque, incluso a miles de kilómetros de distancia, seguía haciendo que su corazón latiese de manera estruendosa.

Intentó recuperar la calma, pero se dio cuenta de que el estruendo no provenía de su corazón, sino de fuera, de la playa.

Sorprendida, se acercó a la ventana de la villa que había alquilado en el Caribe con intención de olvidarse de Joao. Tal vez debería haber ido al apartamento de Chiswick e intentar convertirlo en un hogar para sus hijos, pero estaba demasiado cerca del sitio en el que le había entregado cuatro años de su vida. No, no estaba preparada para compartir metrópolis con él. Tal vez no lo estaría nunca.

Cuando el ruido se volvió ensordecedor, Saffie abrió la puerta y salió al jardín.

–¿Qué está pasando?

Un guardia de seguridad se volvió hacia ella.

–Es un helicóptero.

Saffie observó el aparato ondulando sobre la arena y frunció el ceño.

—¿Qué está haciendo?

—Intenta aterrizar, señorita.

—¿En la playa? ¿No sabe lo peligroso que es?

—Parece que no le importa.

A Saffie se le aceleró el corazón. Solo una persona se arriesgaría a hacer lo que estaba haciendo. Solo una persona aparecería allí sin haber sido invitado.

Sentía la tentación de decirle al guardia de seguridad que llamase a las autoridades, pero sabía que Joao no se rendiría. Su silencio de las últimas semanas había sido la calma antes de la tormenta.

Y la tormenta había llegado.

Sin darse cuenta, deslizó una mano protectora sobre su abdomen.

—¿Quiere que llame a la policía? —le preguntó el hombre.

El helicóptero había descendido hasta unos quince metros del suelo y Saffie vio el rostro de Joao tras los controles.

—No hace falta. Deje que aterrice.

Como si la hubiese oído, el aparato descendió inmediatamente, sacudiendo las copas de las palmeras mientras se posaba sobre la arena.

Saffie entró en la casa a toda prisa, intentando calmarse. No quería que supiera lo desesperadamente que lo había echado de menos. No quería que supiera que verlo de nuevo la emocionaba y la asustaba a la vez.

Joao la encontró en el salón unos minutos después. Estaba más bella que nunca, pero el dolor y la furia que había en sus ojos lo dejó sin aliento.

—*Você é linda,* Saffie —susurró sin poder evitarlo.

—Bravo por tu espectacular llegada, pero le he pedido al guardia de seguridad que alerte a las autoridades si no te vas de esta isla en treinta minutos, así que no pierdas el tiempo diciéndome que soy guapa.

Él se pasó una mano por el pelo.

—Me arriesgaré a ir a la cárcel si me escuchas.

Saffie lo pensó durante lo que a él le pareció una eternidad antes de señalar un sillón con la mano, lo más lejos posible de ella.

—Te pido perdón por las cosas que dije en Sao Paulo… cosas deplorables por las que seguramente no me perdonarás nunca —empezó a decir Joao—. Yo… soy un chico que salió de la nada y no he tenido nada durante la mitad de mi vida. No quería tener hijos porque, en el fondo, no creía que pudiera ser un buen padre, porque me aterrorizaba la idea. Pero, cuando descubrimos que estabas embarazada, todo cambió. Quería a nuestros hijos, aunque al principio no por razones altruistas, sino porque deseaba poner en evidencia a Pueblo. Quería ser el mejor padre posible para restregarle por la cara otro fracaso. Tener éxito donde mi madre y él fracasaron de forma tan abismal.

Vio un brillo de comprensión en los ojos de Saffie, pero también de dolor y decepción.

Joao tragó saliva.

—Nunca había hecho un trato en el que me fuera sin nada. Que tú me amenazases con marcharte, llevándote a mis hijos…

—Nuestros hijos.

—Sí, es verdad, perdona. Cuando me enfrenté con Pueblo después de tantos años…

Saffie frunció el ceño.

—¿Lo habías visto antes del partido?

—La primera vez que le gané por la mano, cuando

tenía veinticuatro años —respondió Joao—. Había logrado comprar una de sus empresas e insistí en que estuviera allí personalmente para ver su cara durante la firma del acuerdo. Después de casi una década me había engañado a mí mismo pensando que podría afrontar ese encuentro, pero tenías razón, dejé que me afectase más de lo que debería.

—Me imaginé que sería así.

—Pero te aseguro que entendí lo que intentabas decidirme esa noche, en Sao Paulo. Estabas dejando al descubierto una parte de mí que había intentado esconder y... bueno, estoy empezando a aceptarla. Hasta ahora, confiar completamente en otra persona era algo que no podía contemplar.

—Pero confías en mí, al menos en parte.

—Confío en ti del todo, Saffie. Pero era más fácil engañarme a mí mismo pensando que los negocios eran lo único que importaba. Confesar que quería hacer las cosas de otra manera, aprender a amar cuando a mí nadie me había querido... era demasiado arriesgado. Ese acuerdo era la forma perfecta de no involucrar mis emociones.

—Pero no has podido hacerlo.

Él esbozó una triste sonrisa.

—Intenté manipularte para poder controlar tu vida aunque me dejases.

Cuando Saffie apartó la mirada y se abrazó a sí misma, como para protegerse, Joao se sintió como un gusano.

—¿Y cómo voy a confiar en ti ahora, después de todo lo que ha pasado? —le preguntó ella en voz baja.

—Dándome una oportunidad de demostrarte que he cambiado —respondió Joao—. Olvídate de ese absurdo acuerdo. Los preciosos hijos que esperas llevarán el apellido que tú quieras que lleven. Lo único que te pido es que me dejes ser parte de sus vidas, que me des la oportunidad de ser su padre, de quererlos y cuidarlos como se merece cualquier niño. Pero si no quieres que tenga nada que ver con ellos...

—Yo nunca haría eso, Joao —lo interrumpió ella—. Después de lo que los dos sufrimos de niños, jamás te haría eso. Eso era lo que pensaba decirte esa noche, en la terraza. Quería que fueras el padre de nuestros hijos, aunque no sintieras nada por mí. Ese era el compromiso que necesitaba.

Un escalofrío sacudió a Joao de la cabeza a los pies y tuvo que cerrar los ojos un momento.

—El trato más importante de mi vida y he metido la pata de una forma espectacular.

—No es demasiado tarde. Si lo dices de verdad, si estás dispuesto a...

Joao tomó su mano, poniendo todo su corazón en ese gesto.

—*Meu Deus*, sí. Estoy dispuesto, Saffie. Más que eso.

—Entonces, ¿quieres que compartamos la custodia?

—¿Qué derecho tengo a pedir algo más?

—¿Cuándo te ha detenido a ti eso? —bromeó Saffie—. Eres atrevido, inteligente e implacable cuando tienes que serlo. No me decepciones ahora, Joao.

Él no quería hacerse ilusiones, pero su corazón empezó a latir con fuerza contra sus costillas.

—¿Estás diciendo...?

—Pídemelo —insistió Saffie.

Joao tomó aire antes de abrirle su corazón.

—Quiero algo más que ser el padre de nuestros hijos. Quiero tu confianza, tu amor. Quiero tener el derecho a llamarte mía y a amarte como te mereces que te amen. Con adoración, del todo y mientras viva.

Contuvo el aliento mientras esperaba la respuesta,

que no tardó en llegar. Los ojos de Saffie se llenaron de lágrimas y un sollozo escapó de su garganta mientras se echaba en sus brazos.

Y, por primera vez en su vida, Joao sintió que había llegado a casa.

—Por cierto, ¿qué tal la fiesta?

Joao hundió la cara en su cuello y el deseo que creía haber saciado después de varias horas en la cama con Saffie despertó a la vida de nuevo.

—No lo sé. Me fui media hora después de que empezase.

—¿En serio?

En el segundo trimestre del embarazo, su rostro brillaba de salud y belleza, pero había algo especial en ella, algo que la convertía en una visión, en la mujer de sus sueños.

—Sin ti, no era una celebración. Nada lo es. No puedo estar sin ti.

—Te quiero, Joao —susurró ella sobre sus labios.

—Además, he estado un poco insoportable últimamente. La gente da un respingo cuando me acerco.

—Seguro que sí.

—Tienes que volver para que sea humano otra vez.

Ella se rio y a Joao le pareció el sonido más hermoso del mundo.

—Has demostrado que tienes lo que hay que tener para seguir siendo el hombre más rico del mundo. La gente se siente intimidada en tu presencia, esté yo cerca o no.

—Me da igual ser el hombre más rico del mundo, lo único que me importa es ser el mejor marido para ti —Joao deslizó una mano por su abdomen—. Y el mejor padre para estos dos niños y los que tengamos en el futuro –añadió, mirándola a los ojos–. Cásate conmigo, Saffie. Hazme el hombre más feliz del mundo.

Saffie asintió con la cabeza, intentando controlar la emoción.

–*Sim. Para sempre sim.*

Hicieron el amor de nuevo y, después, Joao tomó su mano y le puso algo en el dedo.

Saffie abrió los ojos como platos al ver el exquisito anillo de diamantes.

–Esta joya me encanta. Tanto como tú –le dijo, esbozando una sonrisa de pura felicidad que Joao entendió como una promesa de amor eterno.

Epílogo

Cuatro años después

—Joao. ¿Dónde estás?

Su marido se llevó un dedo a los labios para pedirle silencio y Saffie sonrió mientras se acercaba de puntillas a la puerta de la habitación de sus hijos.

Joao la tomó por la cintura, mirando sus generosos pechos bajo el camisón de color albaricoque que terminaba a medio muslo con un deseo que no se había disipado desde la primera vez que hicieron el amor en aquel diván en Marruecos.

Acababan de llegar a la finca de Sao Paulo y era maravilloso estar de vuelta en casa, pero estaba agotada y esperando que su marido se reuniese con ella en la cama, por eso había ido a buscarlo.

—¿Qué haces?

Joao señaló a sus hijos, dos mellizos idénticos, Carlos y Antonio.

—Mira —murmuró.

Los niños estaban discutiendo. Carlos sujetaba su juguete favorito, una ballena azul sin la que no viajaba nunca, mientras Antonio tenía en la mano su segundo juguete favorito, un camión de color rojo que se negaba a entregarle a su hermano.

Saffie iba a entrar en la habitación, pero Joao la sujetó.

—No, *minha querida*, espera.

Los niños siguieron discutiendo durante unos minutos más y luego Carlos, titubeante, le ofreció a su hermano la ballena azul. A cambio, Antonio le ofreció su camión rojo. Después de intercambiar los juguetes, los dos niños empezaron a reírse como si no hubiera pasado nada.

–Hace un mes se habrían peleado durante horas. Están aprendiendo a negociar –dijo Joao, sin poder disimular su orgullo.

Saffie le echó los brazos al cuello.

–No creo que estén preparados todavía para la sala de juntas, cariño.

–Tal vez no, pero están aprendiendo a luchar por lo que quieren y a no darse por vencidos hasta que están satisfechos.

–¿Como tú hiciste con su mamá?

–Exactamente.

Riéndose, Joao la tomó en brazos y, después de comprobar que la niñera estaba atendiendo a los niños, llevó a su mujer al dormitorio.

La dejó sobre la cama y, a toda prisa, se quitó la camiseta y el pantalón. Desnudo, se colocó sobre ella, con los brazos apoyados a cada lado de su cabeza, mirándola con los ojos brillantes.

–Dime que estás satisfecha, *meu coraçao*. Dime que te hago feliz.

Saffie esbozó una sonrisa. Seguía sorprendiéndole que un hombre tan poderoso y carismático como Joao necesitase garantías, que su felicidad significase tanto para él. Pero así era.

–No puedo expresar con palabras lo feliz que me haces, pero tengo una noticia que va a hacerte muy feliz a ti.

–¿Qué es? –le preguntó él.

Saffie tomó su mano izquierda y besó la cicatriz de

la palma. Después, enredando sus dedos, puso la mano sobre su vientre y notó que Joao contenía el aliento.

—He ido a ver al doctor Demarco esta mañana. Estoy embarazada de diez semanas –anunció.

Los ojos de color whisky se clavaron en su abdomen.

—*Meu Deus*, pensé que sabía lo que era la felicidad, pero acabas de llevarme a una nueva dimensión.

Compartieron un largo y lánguido beso mientras Joao le quitaba el camisón, pero Saffie esperó, conteniendo el aliento, hasta que estuvo dentro de ella para darle la última noticia.

—Y no había solo un latido, Joao. Había dos. Vamos a tener dos mellizos más.

Los ojos de Joao Oliviera, el hombre más rico del mundo, se empañaron.

—Saffie, mi Saffie, contigo mi corazón está rebosante de felicidad. *Eu te amo muito*.

—Yo también te quiero, cariño.

Bianca

**Salvada por una promesa....
coronada como reina**

UNA CENICIENTA
PARA EL JEQUE

Kim Lawrence

Para escapar de los bandidos del desierto, Abby Foster se comprometió con su misterioso salvador y selló el acuerdo con un apasionado beso. Meses más tarde, descubrió que seguía casada con él, y su «marido», convertido en heredero al trono, la reclamó a su lado. Pero sumergirse en el mundo de lujo y exquisito placer de Zain abrumó a la tímida Abby.

¿Podría llegar a convertirse aquella inocente cenicienta en la reina del poderoso jeque?

Acepte 2 de nuestras mejores novelas de amor GRATIS

¡Y reciba un regalo sorpresa!

Oferta especial de tiempo limitado

Rellene el cupón y envíelo a
Harlequin Reader Service®
3010 Walden Ave.
P.O. Box 1867
Buffalo, N.Y. 14240-1867

¡Si! Por favor, envíenme 2 novelas de amor de Harlequin (1 Bianca® y 1 Deseo®) gratis, más el regalo sorpresa. Luego remítanme 4 novelas nuevas todos los meses, las cuales recibiré mucho antes de que aparezcan en librerías, y factúrenme al bajo precio de $3,24 cada una, más $0,25 por envío e impuesto de ventas, si corresponde*. Este es el precio total, y es un ahorro de casi el 20% sobre el precio de portada. !Una oferta excelente! Entiendo que el hecho de aceptar estos libros y el regalo no me obliga en forma alguna a la compra de libros adicionales. Y también que puedo devolver cualquier envío y cancelar en cualquier momento. Aún si decido no comprar ningún otro libro de Harlequin, los 2 libros gratis y el regalo sorpresa son míos para siempre.

416 LBN DU7N

Nombre y apellido _____ (Por favor, letra de molde)

Dirección _____ Apartamento No.

Ciudad _____ Estado _____ Zona postal

Esta oferta se limita a un pedido por hogar y no está disponible para los subscriptores actuales de Deseo® y Bianca®.
*Los términos y precios quedan sujetos a cambios sin aviso previo.
Impuestos de ventas aplican en N.Y.